講談社文庫

NO.6 beyond

〔ナンバーシックス・ビヨンド〕

あさのあつこ

講談社

目次

NO. 6 beyond

〔ナンバーシックス・ビヨンド〕

あさのあつこ

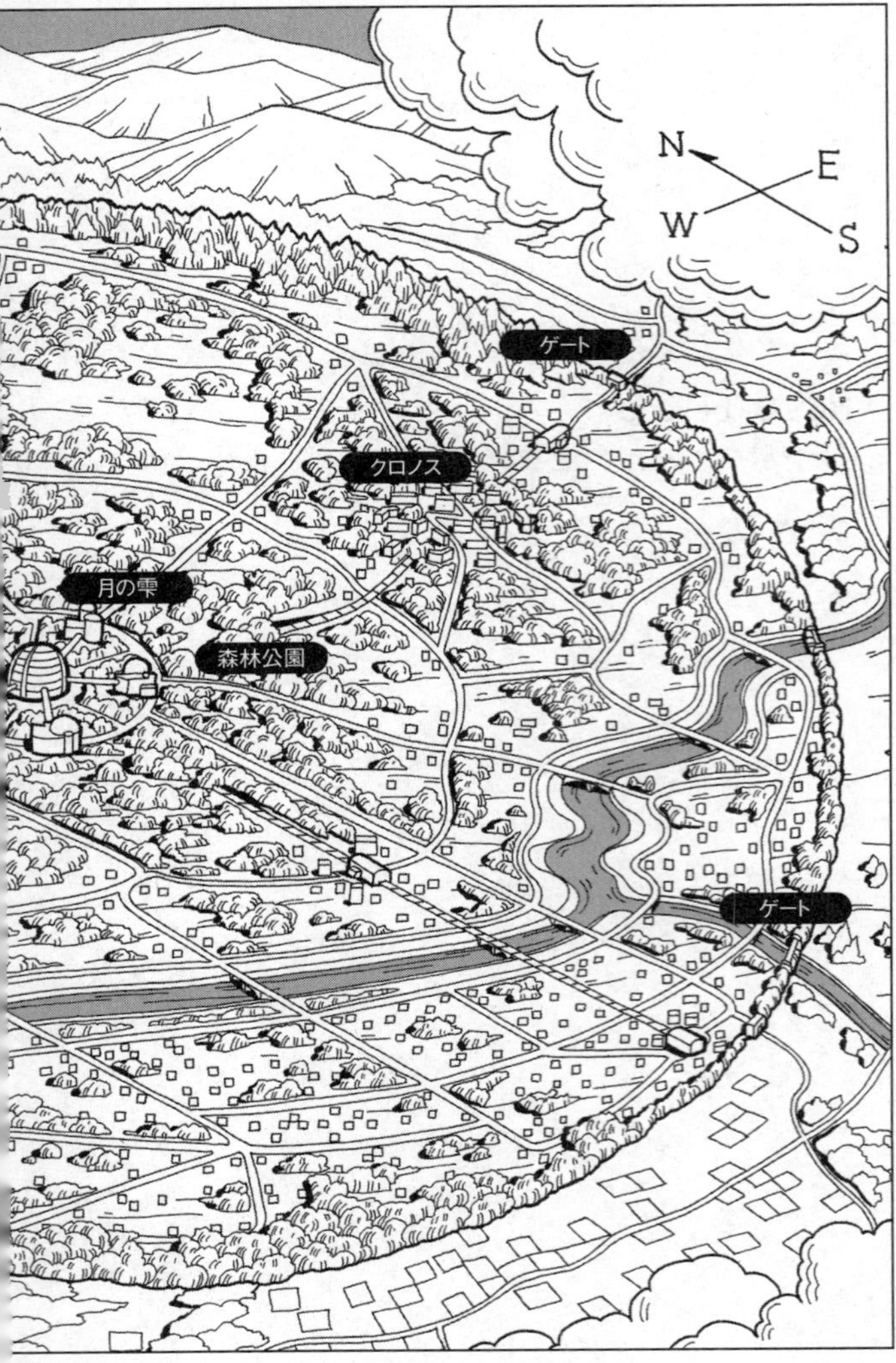

N
E
W
S
ゲート
クロノス
月の雫
森林公園
ゲート

地図／影山徹

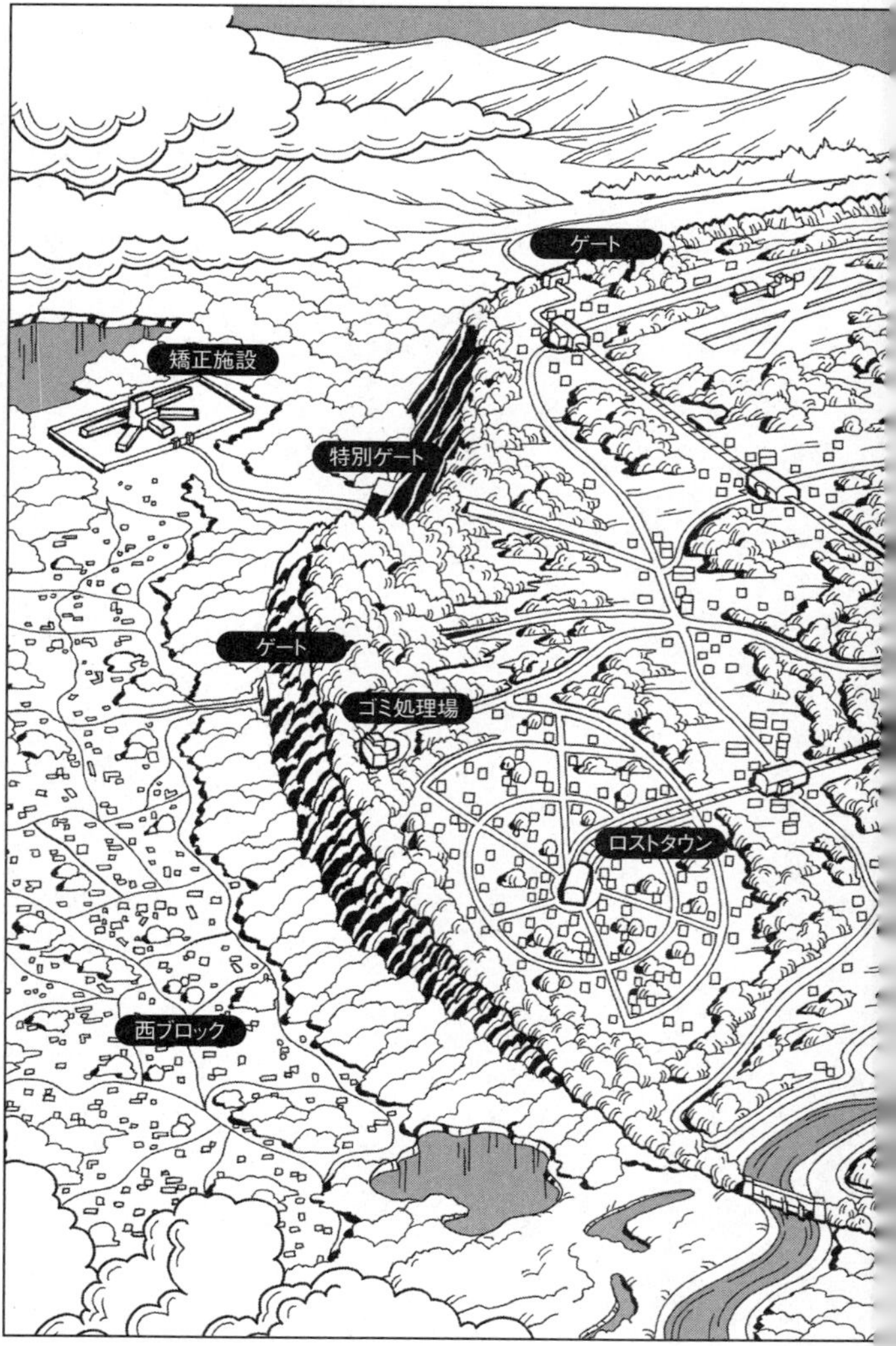

ぼくたちは
人を信じ切れるだろうか。

話してあげましょう。

あなたに。

わたしの知っている物語を、ね。

物語? いや、あれは現実だ。人間の歴史に刻まれた現実だと、人間たちは言うでしょうね。

わたしからすれば、人の営みは全《すべ》て物語。ときに喜劇、ときに悲劇、ときに陳腐な、ときに退屈な作り話に過ぎない。

そうね、人はいつも道化の役者。

己の欲望や愛や想《おも》いに振り回され、滑稽《こっけい》な芝居を演じている。愚かで、無知で、貪《どん》欲《よく》で……自分たちの築いたものを自分たちの手で壊してしまう。他者を支配することを望み、この世で唯一の王になりたがる。

どうしてなのでしょうね。

なぜ、人間だけが自然の 理《ことわり》 の内で、あるがままに生きることができないのでしょうね。おかしな生き物だと、つくづく思う。

これから、あなたに伝える物語、その主人公たちもそんな人間、いえ、ちがう。主人公は人ではなく都市。

ある都市国家、そのもの。

人はそれをNO．6と呼んだ。

NO．6の名をあなたは聞いた覚えがある？

人の創《つく》り出した最も美しく、最もおぞましい存在。ふふ、そうね、道化芝居の主人公には相応《ふさわ》しいかもしれない。

でも……不思議なことに、わたしはあの都市が、NO．6が、なぜか愛《いと》しい。NO．6にまつわる物語と、その物語を生きた者たちが愛しい。とすれば、わたしにも〝心〟なんてものがあるのだろうか。

わたしは、二人の少年を知っている。

昼と夜、光と闇《やみ》、大地と風、全てを受け入れる者と全てを捨てようとする者。まるで異なるのに、とてもよく似ている。二人ともNO．6に深く関《かか》わり、NO．6とともに生きた。

え？　それはいつのことかって？

さぁ、いつのことでしょう。昨日のようにも、一千年も昔のようにも思えるけれど。わたしは人のように時間など認識しない。

永遠も一瞬も、わたしにとっては等しいもの。

でも、忘れてはいない。彼らのことを。

彼らの生きた軌跡だけは、語るに値するかもしれない。

ときおり、そう感じる。

いらっしゃい、ここに。

話してあげましょう。

あなたに。

二人の少年とNO.6の物語を。

イヌカシの日々

天井がくらんと回った。
本当にくらんという感じだった。
え？　どうした？
イヌカシはベッドに倒れ込み、目を閉じた。
気分が悪い。
目眩《めまい》だけでなく、吐き気までこみあげてくる。
目を閉じたまま、深い呼吸を繰り返す。鼻から空気を吸い込み、腹に溜《た》め、口から
ゆっくりと吐き出す。
一度、二度、三度……。
心身の不調はたいてい、これで治った。
慌てふためく心も、乱れた思考も、傷の疼《うず》きも、鈍い頭痛も全て治まる。誰《だれ》に教え
てもらったのでもない。いつの間にか身に付けた術《すべ》だった。ただ、空腹だけはどうに
もならない。幾ら息を吸い込み腹を膨らませても、吐き出せばぺしゃんこになってし

まう。空腹のあまり身体が冷えていく感覚をどうすることもできなかった。

飢えは嫌だ。恐ろしい。

イヌカシは身震いをする。

飢えは魔物だ。鋭い牙《きば》と爪《つめ》で、生きようとする意志も、生きたいと望む想いも、根こそぎ奪ってしまう。

しかし、今は大丈夫だ。

むろん腹は減っている。ここが満たされた経験なんて、覚えがない。腹ってのは、いつだって空っぽなところだ。そう観念している。

ベッドの上にそろりと身を起こす。目眩はしなかったが、吐き気は続いていた。身体が重い。足首手首に重石《おもし》を付けられたようだ。どこかの国の囚人のように鉄球を括《くく》り付けられている……みたいだ。

やばいな。

もう一度身体を横たえながら、胸中で舌打ちしていた。

西ブロックで体調を崩すことは、傍らに死を呼び寄せるのにも等しい。もぐりの怪しい祈禱《きとう》師《し》や自称医師はいても、適切な医療行為ができる者などどこにもいないのだ。少なくとも、イヌカシは一人として知らない。

身体が重い。

眼《め》を閉じていると、深い水底に引き摺《ひず》り込まれる感覚がした。

こういうときは、楽しいことを考えるんだ。

自分に言い聞かす。

楽しい？　今まで、楽しいなんて感じたことあったっけ？

あったさ。昨夜《ゆうべ》だって、ほんの少しだが飢えから解放されたじゃないか。そうだ、そうだ、あれこそが至福だった。


肉を食った。矯正施設から出た残飯の中に、生の肉の塊が交ざっていたのだ。誰かの食べ残しではない。調理前のブロックだ。しかも傷んでも腐ってもない。よく見ると妙な具合に平たくなってはいたが。施設の職員用レストランのシェフが床にでも落としたのかもしれない。そこを誰かが踏んづけてしまった。

「おいおい、せっかくの肉が台無しになっちまったぞ」

「あぁ悪い。けど、落としたのはそっちだぜ」

「しょうがないな。こんなもの、使えやしない」

肉は金属製の塵箱《ごみばこ》に放《ほう》り捨てられ、忘れ去られる。そして、他《ほか》の塵や残飯といっしよにイヌカシの手に渡った。

そんな顚末《てんまつ》だったのかもしれない。いや、顚末も経緯《いきさつ》もどうでもいい。今、手に肉の塊を摑《つか》んでいるのだ。

何という幸運だろうか。

歓喜のあまり文字通り躍りあがってしまった。こんな上物を手にするのはいつ以来だ？　記憶をまさぐっても、まさぐっても浮かんでこない。てらてらと脂光りする肉塊を手に、イヌカシは舌舐《したな》めずりをした。生唾《なまつば》を飲み込んだ。

何の肉かはわからない。何の肉でもいい。人と犬の肉以外なら、何だって構やしない。みんな食える。

イヌカシはねぐらである廃墟《はいきょ》に帰り、早速、料理にとりかかった。残飯から選《よ》った野菜屑《くず》や骨を鍋《なべ》に入れ、煮込む。できあがる寸前に肉塊を幾つかに分け、投げ入れた。半分は干し肉にしようかとも、市場に売りに行こうかとも考えたが、どちらも止めた。保存食は貴重だとよくわかっているし、市場に持っていけばそこそこの金にはなる。しかし、この肉は一気に食ってしまおう。そう決めた。たまには、そういう贅《ぜい》沢《たく》もいい。せっかくの幸運、天が気紛《きまぐ》れに与えてくれた幸運を堪能してやる。

ここは西ブロックだ。一日先の運命さえ見通せない。神さまだって何の保証もくれない場所だ。それなら、明日を考えず今を存分に楽しむのも悪くはないだろう。

鍋から湯気があがる。

いい匂《にお》いが漂う。

犬たちが匂いに誘われ、集まってくる。

「わかってるよ。おまえたちにもちゃんと食わしてやるって」

白、黒、斑《ぶち》、茶褐色。長毛、短毛、縮れ。垂れ耳、立ち耳、片耳。子牛ほどもある大型犬から猫より小さなものまで、イヌカシのもとには二、三十四の犬がいた。どういうわけか、それ以上は増えない。毎年、仔犬が生まれるのだから、その分、死ぬかどこかに去っていくやつがいるということだ。

昨日も、雌の老犬が死んだ。何匹もの赤ん坊を産み、その内の半分ちかくを無事に育てた偉大なる母親だった。冷たく硬直していく体を娘や息子たちが、かわるがわる舐めていたっけ。

犬は情が深い。温かく、優しい。慈悲心を確かに持っている。仲間や家族を裏切ることなど絶対にない。

人間なんて生き物より、ずっとまともで信じられる。

「空腹より、凍てついた大地《い》より恐ろしいのは、人間だ」

これは……爺《じい》さんの科白《せりふ》だったな。

鍋を木のヘラでかき混ぜながら、イヌカシは頭を横に振った。

何で爺さんのことなんか、思い出したんだ？　腹の足しにもならないのに。

いや、違うなと、さっきより強くかぶりを振る。

一年に一度か二度くらいは思い出してやらなきゃあな。思い出して懐かしがってやらないと。あの爺さんには恩がある。受けた恩を忘れないのも犬の美点ってもんさ。

爺さんが幾つだったのか、どうして、この廃墟に犬といっしょに住み着いていたのか、どこから来てどこに行ってしまったのか、知らない。知ろうとも、知りたいとも思わない。ただ、爺さんがいなかったら、おれは生き延びられなかった。それだけは、骨身にしみてわかっている。

爺さんと出会ったのは、冬だった。

凍てついた風と目の前に降り積もる雪の白さを覚えている。だから、冬だ。もう何年も前の。

母の記憶も父の覚えもないのに、凍てた風と風に舞う雪片を鮮やかに思い出せる。近づいてくる足音も、頰《ほお》を舐めた犬の舌や人の胸の温かさも、抱きあげられたとき一瞬、身体が浮遊したような感覚さえ鮮やかによみがえる。

あのとき、おれは幾つだったんだろうな。まだ、赤ん坊だったのか。そうだろうな、〝おふくろ〟から乳を貰《もら》ってたんだから。そうそう、赤ん坊ってのは案外、いろんなことを忘れずにいるもんだ。

イヌカシを拾い育ててくれたのは、廃墟となったホテルをねぐらにしていた老人だった。いや、拾ったのは老人だが、育ててくれたのは一匹の雌犬かもしれない。

子を産んだばかりの若い雌犬で、イヌカシはその乳を吸い、仔犬たちといっしょに腹に抱かれて眠った。おかげで、飢えずにすんだ。凍えずにすんだ。生き延びられた。

聡明《そうめい》で温和な雌犬がイヌカシにとって唯一の〝おふくろ〟だ。

「おまえは、不思議な子だ……不思議というより、特別な子だな」

イヌカシが歩けるようになり、仲間の犬たちと競って餌《えさ》に食らいつけるようになったとき、老人は言った。しみじみと柔らかく、優しげな口調だった。それも覚えている。

「トクベツ？」

「他の者とは違うという意味だ。犬の乳で育つ赤ん坊なんて、この年になるまで聞いたことも、むろん見たこともなかった。おまえを拾ったとき、正直、三日ともたんだろうと思ったもんさ。それでも拾ったのは、ちゃんと埋葬してやろうと考えたからだ」

「マイソウ？」

「土の中に埋めることさ。おまえが死んだら土に埋め、葬ってやるつもりだった。野晒《のざら》しにしておくには忍びなかった。この地の多くの赤子のように、道端に転がったまま腐り、烏《からす》に啄《ついば》まれ、獣に食われる。そんな目に遭わせたくないと思ったんだよ。いつもなら……うん、いつもなら……見捨てていただろうな。見て見ぬ振りをして通り過ぎていた。これまで、ずっとそうしてきたんだからな。なのになぜ、おまえを拾ったのか……なんで、土に埋めてやろうなどと考えたのか……」

「どうして？」

「わからん」

　老人はゆっくりと二度、かぶりを振った。

「よく、わからん。わし自身にも解せんのだよ。どうして、あのとき、おまえを抱き上げて連れ帰ったんだろうな。それまで何人も、何十人もの赤ん坊を見捨ててきたのに。なぜ、おまえだけに手を差し出したのか……どうにも、説明ができんのだ。そういうところも含めて、さっき、おまえのことを不思議な子だと言ったのだがな」

イヌカシは身体を震わせた。指の先まで冷えていく感覚に小さく呻《うめ》いた。冷たい汗が背筋を伝った。

怖い。同時に、声をあげて笑い出したい衝動にも襲われた。天に向かい、からからと笑声を響かせたい。

自分が生きているのは、偶然と紙一重の幸運のおかげだったのだ。老人の気紛れがなければ、この身体の肉も骨も鳥や獣の餌食《えじき》になっていたのだ。何という奇跡、何という強運だろうか。胸の内に、恐怖と安堵《あんど》と突き上がってくる。哄笑《こうしょう》の衝動が渦巻く。

そのころには既に西ブロックで生き抜いていく日々がどれほど過酷か、理解していた。自分の未来が素手で切り岸をよじ登るのに似て、辛苦と困難に満ちているとも感づいていた。

それでも生きていたかった。生き抜き、生き抜き、この命の限界を一秒でも一分でも延ばしたかった。そのためなら、何だってする。無様でも、卑怯《ひきょう》でも、みっともなくともいい。死ぬのは簡単だ。細紐《ほそひも》一本とちょっとした枝ぶりの木があれば事足りる。崖《がけ》から飛び降りてもいいし、矯正施設に喚《わめ》きながら向かっていくのも手だろう。哨戒《しょうかい》の兵士が迷うことなく胸か頭を、撃ち抜いてくれるはずだ。

ん。

どの方法を選ぶにしても、あっさりと逝ける。苦しむ時間はそう長くはない。たぶ

だから、死を選ぶほうが楽なのだ。そんなことは、わかっている。太陽が東から昇るのと同じくらい明白じゃないか。

でも、おれは嫌だ。

イヌカシはこぶしを握る。まだ、小さなこぶしだった。

おれは、あっさり死んだりしない。自分から死を選んだりしない。とことん、生き抜いてやるんだ。

挑んでやる。

西ブロックに生まれ、道端に捨てられた運命に、生き延びることが至難の世界に、こんな世界を作り上げたやつらに、挑んで必ず勝ってやる。勝つとは、つまり、生き続けることだ。

幼いイヌカシは言葉を知らなかった。胸の決意を言葉にして伝える術を知らなかった。しかし、老人は静かに笑み、イヌカシの頭に手を置いた。

「おまえなら、やれるかもしれんな」

そう呟《つぶや》いた。

老人の姿が消えたのは、それから一年後の冬の初めだった。朝、イヌカシが目を覚ましたときには寝床は既に空っぽで、老人は廃墟のどこにもいなかったのだ。別に必死で捜し回ったわけではない。捜しても無駄だと心のどこかで諦《あきら》めていた。戸惑いはしたけれど、淋《さび》しくはなかった。犬がいたからだ。犬さえいれば、十分だ。

爺さんも、それを見極めたんだろうな。見極めたうえで、どこかに行っちまった。自分の寿命を悟ったのか、行くべき場所を見つけたのか。どちらにしても、今はどこかで、この大地の一部になっているだろうよ。人は空の星にはなれなくても、土に還《かえ》ることはできる。そして、思い出を残すことも。

爺さん、ありがとうよ。あんたがおれにしてくれた諸々《もろもろ》をおれは忘れたりしないぜ。たまにこうして思い出し、懐かしんでやるよ。もっとも、このところ、曖昧《あいまい》なんだよなぁ、あんたの顔が。白くてぼさぼさした顎鬚《あごひげ》とか、禿《は》げあがった額がきれいな桜色だったとか、右の眉毛《まゆげ》が妙に太かったとかそんな細かいところとか、口調がいつも穏やかで柔らかかったとか、そんなことはきっちり覚えているのに、あんたがどんな顔をしていたかが、どうしても浮かんでこないんだ。何でだろうな。でも、まぁ、ともかく今日もこうして、あんたのことを思い出した。それで、いいよな。

ヘラで鍋を一搔《か》きする。

斑犬が吼《ほ》えた。つられて、他の犬たちも吼え始める。

「わかった、わかった。よし、豪勢なディナーの始まりだぞ。みんな、集まれ。ただし、冷めるまで食えないぜ。舌の先を火傷《やけど》しちまったら、後が辛いからな」

犬たちの食器にスープを配り終え、自身が肉片の浮いた薄いスープをすすったとき、イヌカシは老人のことなど忘れ去っていた。

過去は往々にして邪魔になる。いつまでも振り向いていては、前に進めない。肉の欠片《かけら》を口に含む。その舌触りや味をじっくりと楽しむ。飲み込むのが惜しくていつまでも味わっていたいのに、小さな欠片はするりと喉《のど》を滑って胃袋に納まってしまった。それでも、肉の旨味《うまみ》の染み出たスープを飲み干せば、身体は芯《しん》からほこりと温かくなっていた。温まった身体のままベッドに横になる。仔犬たちが我先によじ登ってきて、顔中を舐めてくる。ピンク色の小さな舌が心地よい。幸せだった。この世の幸せを独り占めしているような気分にさえなる。幸せな気分のままイヌカシは眠りに落ちていった。

吐き気がする。

目を開けたら、また天井が回り始めるようで怖い。

いったい、どうしちまったんだ。

頭の隅が鈍く疼こうとする。身体はますます重く、汗ばんでくる。昨夜の温かさとはまるで異質の火照《ほて》りだ。

仔犬たちの舌も昨夜のような心地よさはなかった。皮膚がひりひりして、ただ、鬱陶《うっとう》しいだけだ。犬を煩わしく感じるなど今まで一度もなかった。

幾度、深呼吸を繰り返しても、不調は軽くならない。

どうしちまったんだ？

自問したとたん、背筋に寒気を覚えた。恐怖が心の奥底で弾《はじ》ける。

やばいなんてもんじゃない。

このまま起き上がれなかったら？　このまま動けなくなったらどうなる？

この西ブロックで病むことは、文字通り命取りになる。ろくな食事をとれず、最悪の衛生状態の中で暮らしている西ブロックの住人を殺すのに、たいした手間はいらない。ちょっとした怪我《けが》——小指の先を深く切ってしまったとか、足の甲を抉《えぐ》ったとか——、ちょっとした病——目眩とか吐き気とか熱とか、ともかくベッドから起き上がれない程度のもの——で、十分用が足りる。三日前まで確かに生きていた者が今日は骸《むくろ》になって路上に転がっている。そんなことは日常茶飯事だ。

ちくしょう。

唇を噛《か》み、上半身を起こす。壁にもたれ、大きく息を吐く。

昨日の肉が最後の晩餐《ばんさん》だったってオチかよ。ちくしょう。ふざけんな。くたばってたまるか。

さらに強く唇を噛み締《し》める。血の味が口中に広がった。ちくしょうともう一度呟いてみる。しかし、身体に力が入らない。指一本を動かすのさえ億劫《おっくう》だった。無理やり立ち上がろうとすると目眩と吐き気が同時に襲ってきた。また、ベッドに倒れ込む。

ふっと意識が遠のいていく。

窓ガラスの割れ目から、冷えきった風が吹き込んできた。その冷たさがイヌカシを現《うつつ》に引き戻す。

叫びたくなった。大声で、助けてくれと叫びたい。

助けて、誰か……、誰か。

部屋の隅から一匹の犬が立ち上がり、近づいてきた。ベッドの傍らに座り、イヌカシを見上げる。〝おふくろ〟の血を引く茶褐色の大型犬だった。聡明さと黒く潤んだ眸《ひとみ》を譲り受けている。

犬はイヌカシの命令を待つように、顔を上げ耳を立てたまま動かない。

「……呼んできてくれ。あいつらを……」

窓の外を指差す。

雪雲の垂れこめた冬空が広がっていた。光は雲を通し、辛うじて地に注いでいるだけだ。今日も、西ブロックは凍てついたまま一日を終えるのだろう。

半ば朽ちた旧式のドアを押し開け、犬が出ていく。錆《さ》びた蝶番《ちょうつがい》が軋《きし》んで不快な音をたてた。耳慣れたはずの音さえ、鼓膜に突き刺さり、吐き気を掻き立てる。

「頼む。あいつらを……」

助けて。

犬が階段を駆け降りていく。

仔犬たちが身を寄せ合い、心細げに鳴いた。

夢を見た。

昔の夢だ。

何年前だろうか？

老人は既にどこかに消えていた。イヌカシは一人、いや、犬と一緒に生きていた。

残飯を上手《うま》く手に入れる方法もそれを調理、あるいは売りさばく方法も何とか覚えたころだ。

階段を下りていた。

地下へと続くコンクリートの階段だ。イヌカシの住《す》み処《か》に比べれば、傷みが少ない。地上部の建物は半壊しているが、地下部分はそうでもないらしい。階段を下りると、すぐにドアにぶつかった。そっと、取っ手に手を伸ばす。

建物は西ブロックの入り口付近にあった。この辺りの雑木林には幾つかのバラックが点在している。そして、聖都市NO．6が間近に聳《そび》えていた。正確には、NO．6の外壁だ。特殊合金の壁が金色に輝きながら聳えているのだ。あちらとこちら、天国と地獄を明確に分け隔てる壁だった。内側には、全てが揃《そろ》っている。暖かな寝床、豊かな食糧、最新の医療設備、快適な住居。命を脅かされることもなく、飢えや凍えとも無縁でいられる。苦痛や恐怖さえ存在しないのだとも聞いた。

まさに理想郷。聖都市の名に相応しい。

もっとも西ブロックでNO．6の話を聞くことは、めったになかった。誰もが口を噤《つぐ》むのだ。その名が禁句であるかのように、触れようとしない。

胡散臭《うさんくさ》い。

イヌカシは思う。いや、感じる。

理想郷、聖都市などこの世に存在するわけがない。NO．6は人間が築いた都市国家だ。人が関わっている限り、必ず綻《ほころ》びが生じる。あんたの理想はおれの八方好《よ》しじゃあないし、おれの満足はあんたにとって我慢できない代物かもしれない。それが人の世界ってもんだろう。人間に理想郷なんて創れない。いがみあい、ぶつかりあいながら、互いに譲歩して納まるところに納まる。それが、せいぜいさ。

NO．6？　髪の根元が逆立つほどに胡散臭い。近づかないのが得策だ。

イヌカシはだから、この辺りにはめったに足を向けなかった。NO．6の壁を目《ま》の当たりにするのが嫌だったのだ。あの日、実入りがもう少し多ければ、近寄りもしなかっただろう。しかし、一日中、西ブロックのあちこちをうろついても、野菜の欠片一つ二つと、干し肉を一枚手に入れただけだった。これでは、犬どころか自分の腹さえ養えない。まだ、矯正施設からの残飯を定期的に手に入れる術を知らなかったイヌカシは空っぽの腹を抱え、必死に食い物を漁《あさ》るしかなかった。市場では肉屋のおやじにしたたかに棒で打たれ、居酒屋の女将《おかみ》に金切り声で罵《のの》しられたが、別に応《こた》えはしない。他人の打擲《ちょうちゃく》にも罵声《ばせい》にも肉体の痛みにも、とっくに慣れっこになっていた。

ともかく、この飢えを何とかしなければ。

気が付くと、雑木林の中にいた。木の実の一つでも拾おうと、ほとんど無意識に歩いてきたらしい。

そこで半ば崩れた廃屋を発見した。何気なく壁に手を当ててると、抵抗なく横に滑り、地下へ下りる階段が現れた。

鼻を動かしてみる。

目を凝らし、耳を澄ませてみる。

人の気配も匂いもしなかった。

無人か……。

一足一足、ゆっくりと下りていく。

ここには以前、風変わりな老婆《ろうば》がその孫なのか小さな少年と暮らしていたはずだ。二度ほど見たことがある。生まれてから一度も笑ったことがないような険しい眼差《まなざ》しをした年よりだった。

そうだ、そうだ、思い出した。

その婆《ばあ》さんは頭がいかれていたんだ。市長だったか議長だったか、ともかくNO.6の要人を襲った。しかも、たった一人で。ナイフを手によたよたと向かっていって、撃ち殺されたんだ。いや捕まって銃殺されたんだったかな。まぁどっちにしろ、あっけなく殺されちまった。当たり前の話だよな、はは。

胸の中で嗤《わら》ってみる。市場で耳にしたうわさ話だ。真偽のほどは覚束《おぼつか》ない。

腹が鳴った。悲鳴のようだ。

限界だ、食い物をくれ。早く、早く、早く、早く、早く。

くそっ、何かねえのかよ。黴《かび》の生えたパンだって、腐りかけの肉だってありがたい。この腹を鎮める何かが欲しい。

ドアの取っ手を摑む。

鍵《かぎ》はかかっていなかった。少し重いが、力をこめれば、そう無理なく開いた。

「うほっ」

喉の奥から吐息とも言葉ともつかぬものが、漏れ出た。

「なんだ、こりゃあ」

一面に本が積んである。ここにも、あそこにも。きちんと積み重ねられた物も乱雑に床に散らばった物もあった。床はほとんど見えない。そもそも本以外には何もないように見えた。

イヌカシが生まれて初めて本を目にした瞬間だった。文字は知っている。難しくなければ文章も書くことができた。老人が教えてくれたのだ。しかし、本については何の知識もなかった。〝本〟という単語も、文字が書き連ねられた紙が綴《と》じてあるコレが何なのかも、知らなかった。見当もつかない。食べ物ではないことだけは、すぐに悟った。試しに、ドア付近に積んであった一冊を手に取り、かじってみた。真っ白な地に熟れた林檎《りんご》が描かれていて、いかにも美味《うま》そうだったのだ。

ひでえもんだ。

手の甲で口元を拭《ぬぐ》い、放り出す。

硬くてぼさぼさしていて、とうてい食える代物じゃねえ。

床の本を蹴飛《けと》ばし、前に進む。

本しかなかった。

ちっ。とんだ骨折り損だったか。

舌打ちして、踵《きびす》を返そうとしたとき、心臓が軽く鼓動を刻んだ。本以外の物を見つけたのだ。

本の詰まった棚にそれは置いてあった。そこだけ本を取り除き、置き場所を作ったのだ。銀色の小さな箱だった。下にタオルが敷いてある。

なんだ、これは？　誰かがここにいるってことか？

もう一度、鼻を動かしてみる。

やはり、何も匂わない。

イヌカシは銀色の小さな箱を棚から下ろした。蓋《ふた》を開ける。

口笛を吹いていた。

なるほど、こりゃあお宝だ。お宝を見つけちまったぜ。

箱は救急ケースだったらしく、中に数種類の薬や包帯、ピンセットやガーゼ類がきちんと仕舞《しま》われていた。メスまで揃っている。どうやら、NO.6で使われていたものらしい。どういう経緯《けいい》で、ここにあるのか、むろんイヌカシには見当が付かなかった。付ける気もさらさら起こらない。経緯も経路もどうでもいい。今、自分の手で摑んでいるかどうか。それだけが肝心なのだ。

西ブロックでは、どんなものであれ医療品は貴重だった。特に消毒薬は高値で取り引きされる。ときには、小さな消毒薬一本が銀貨二枚に変わることさえあった。

鼻を近づけてみる。

こりゃあ、混ぜもの無し、純度百パーセントの品だ。つんつん、鼻にくるぜ。ふふ、銀貨どころか金貨に化けるかもな。めっけもんだ。運が回ってきたな。

イヌカシは一人ほくそ笑み、箱の蓋を閉める。抱え上げようとしたとき、本に埋もれた小さなテーブルに目がいった。

その上に、小さな鼠《ねずみ》がいたのだ。生きてはいない。よく出来てはいるけれど、明らかな作り物だった。イヌカシは箱を抱えたまま身を乗り出す。鼠の腹の部分がめくれ、精緻《せいち》な部品が見えた。

ロボット？

さらに屈《かが》みこもうとしたとき、ぞわりと寒気が走った。背中に鳥肌がたつ。

「動くな」

耳元で声がした。今度は身体中の肌が粟立《あわだ》った。首元にナイフの刃が当てられたからではない。声が冷え切っていたからだ。全ての感情が凍てついている、そして、こちらの感情さえことごとく凍てつかせる。

殺人者の声だった。

何の躊躇《ちゅうちょ》もなく、感情の乱れもなく、人の命を奪える。そういう者の声だ。

それにそれに、こいつ、いつ、おれの後ろに立ったんだ。

人の気配を嗅《か》ぎつける力は、犬並みだと自負していた。相手の感情が尖《とが》っていればいるほど肌に伝わってくる。この力のおかげで、危険や厄介事から幾度も逃れられた。なのに、感じなかった。背後に迫ってくる気配を僅《わず》かも捉《とら》えることができなかった。

人じゃないのか……。地獄の底から這《は》い出してきた亡者か、妖《あやか》しか、化け物か。

歯の根が合わない。奥歯がカチカチと無機質な音をたてた。耳の奥にこだまする。

カチカチ、カチカチ。

奥歯を食いしばり、腹に力を込める。

「まっ、待ってくれ。おれは……」

「箱を元に戻せ」

「わっ、わかった。言う通りにする」

震えながらイヌカシは救急ケースを棚に戻した。

「かっ、返したぜ。これで、いいだろう」

「これで？　まさか、な」

ナイフの刃が僅かに動く。鋭い痛みが走った。突き上がってくる悲鳴を何とか押し戻す。脂汗が腋《わき》に滲《にじ》んだ。

「ここじゃ盗みは死に値する。殺されても文句は言えないはずだ」

「いっ、いや……でも、殺されたらどっちみち文句は言えねえし。あっ、おれは廃墟に住んでて……知ってるか、ここと反対側にあるホテルの廃墟だ。そこをねぐらにしている。犬といっしょに暮らしてんだ。名前は……えっと、名前なんてないけど、ほら、ここじゃそんなもん必要ないだろう。だけど、まぁイヌカシって呼ばれることもある。犬を使って商売してるんで。はは、いいさ名前なんてどうでもな。けど、おれ的には気に入ってんだけどな。はは。だから、もし、おまえさんがおれを呼びたいなら、イヌカシでいいぜ」

イヌカシは、しゃべり続けた。口を閉じ静寂が訪れたら、その静けさの中で喉を裂かれる気がしたのだ。

「なぁ、頼むよ。謝るから許してくれよ。悪かった。もう二度と、こんな真似《まね》はしないからよ」

哀れっぽく懇願してみる。

「殺さないでくれよ。お願いだ、助けてくれ。おれ……まだ、死にたくねえんだ。やだよ、死にたくねえよ。ごめんよ、ほんとにごめんよ。もう二度とあんたの物に手をつけたりしないから、約束するから、殺さないで」

芝居ではなく、本気の命乞《いのちご》いだった。

殺さないでくれ。頼む、見逃してくれ。

頼む、頼む、頼む、頼む、頼む、頼む。

ナイフが離れる。

とたんに首元が軽くなった。大きく息を吐き出す。よほど強く強張《こわば》っていたのだろう、筋が痛い。手で押さえると、ちりっと疼いた。しかし、血は付かない。

相手を怯《おび》えさせ委縮させるために、首の皮一枚を薄く傷付ける。血は滲まないが、痛みは感じる程度に。

やはり、後ろにいるのは人ではない。亡者か妖しか化け物か……。

イヌカシは首を押さえたまま、ゆっくりと振り返った。本当は振り返りたくなかった。このまま一目散に逃げ出したかった。しかし、背を向けて走り出した瞬間、その背中に深々とナイフが突き立てられるようで、足が竦《すく》んだ。

ゆっくりと、ゆっくりと振り返る。

え?

瞬《まばた》きしてしまった。口が半開きになったのがわかる。

目の前にいたのは、亡者でも化け物でもなかった。赤いチェックのシャツを着た少年だった。少女かもしれない。いや、やはり男だ。女にあんな凍てた声は出せない。女のように見えるだけだ。

少年の髪は長く、肩にかかり額を隠している。白く小さな顔は気味悪いほど整っていた。殺気を湛《たた》えてぎらついていると想像していた眼は凪《な》いで、どんな感情も読みとれない。

不思議な眼の色をしている。

艶《あで》やかな濃灰色だ。こんな眸の色にイヌカシは初めて出会った。

イヌカシより背丈はあるようだ。しかし、そうかわらない年だろう。もっとも、イヌカシ自身、自分が幾つなのか知らないのだが。

少年は無表情のまま、ナイフをケースに納めた。心底、安堵する。安堵している自分が腹立たしい。

こんな、ヤワなやつに脅されてたのか。

舌打ちしたくなる。

ちっ、舐められてたまるもんか。

「そのシャツ、あんまり似合ってないんじゃやねえの」

薄笑いを浮かべて、顎《あご》をしゃくる。余裕を見せたつもりだった。

「けど、上等そうじゃねえか。西ブロックじゃ、めったにお目にかかれない代物だ」

「借り物だからな」

「借り物？　ふーん、そんな上物、どこから借りてきたんだよ。まさか、NO．6の中じゃねえだろうな」

冗談のつもりだったが、口にしてみるとそれしかないと思える。シャツは一見しただけで質の良さがわかる。柔らかく、温かく、丈夫そうだ。さっき棚に戻したばかりの救急ケース、あれも間違いなく、壁の内側の製品だった。

「おまえ、何者だよ。まさか、あの都市から」

言葉が途切れた。少年がシャツの胸ポケットから干し肉を取り出し、口にくわえたからだ。

「あ……それ、まさか」

腰の袋をまさぐってみる。空っぽだった。入れておいた干し肉が消えている。

「盗みの償いさ。頂いておく」

「ふっ、ふざけんな。どっちが盗っ人《ぬすと》だ。返せ、おれの肉だ。返せよ」

くすっ。

少年が笑う。屈託のない無邪気とも映る笑顔だった。

「力尽くで取り返してみるか。イヌカシ」

「くっ……」

唇を噛んでいた。

まともにぶつかっていって、勝てる相手ではない。

直感的に悟っていた。

くそっ、犬を連れてくればよかった。犬さえいれば、こんなやつ、一咬《か》みで倒してやれるのに。

犬はいない。イヌカシは一人だ。

「……わかったよ」

「聞き分けがいいお利口さんだ。そのほうが長生きできる」

「からかいやがって」

今に見てろ。いつか、たっぷりお返しをしてやるからな。

イヌカシはドアのところまで後ずさりをした。取っ手を掴む。こんなところ、長居は無用だ。

少年は本の上に腰かけ、無言のままだった。視線だけは、イヌカシに注がれている。その視線に身体の自由を奪われる。手も足もぎくしゃくとして、思うように動かなかった。

「おまえ……何者だ」

先刻と同じ問いを繰り返す。さっきより真剣に問うていた。

「ここに住んでいるのか」

「そうだ」

思いがけず答えが返ってきた。

「一人でか」

「そうだ」

「ここはずっと、空き家だったじゃねえか。そうさ、もう何年も誰も住んでなかったはずだ。おまえさん、どこから現れたんだよ。それに、なんでNO．6がらみのシャツやら救急ケースやらを持ってるんだ。あ、それと、あの鼠の人形、ありゃあなんだ？　ロボットみたいだったけど、まさか、おまえさんが組み立ててるんじゃないよな」

早く逃げなければとわかっているけれど、舌が止まらない。次から次へと問い言葉が口を突く。

「よく、しゃべるな。それだけしゃべって舌を噛まないなんて、たいしたもんだ」

少年がかぶりを振った。さもおかしそうな笑みを浮かべる。

ちょっと惹《ひ》かれそうになった。

心臓の鼓動が速くなる。

こいつ……危ねえ。

殺人者よりも危険で、厄介なやつだ。

これも直感だった。おそらく、外れてはいない。

関わり合うな。さっさとここを離れて、二度と近づくな。

警告の声が耳奥に響く。いつもなら素直に従うその声に、イヌカシは抗《あらが》い、問いを続けた。

「おまえ、名前は？」

少年が僅かに首を傾けた。

「ネズミ」

意外にもあっさりと告げられた名は、人の物にしてはいささか奇妙だった。

「なんだ、そのヘンテコな名前は。本名かよ」

「イヌカシも似たようなもんだろう。まともじゃないぜ」

「ふん……まぁそう言われりゃあそうだけど。ネズミか。覚え易《やす》くていいんじゃねえの」

「覚える気があるんだ」

「うっ……、まぁそれは」

何だかいいようにあしらわれている気がした。いいかげんにしておかないと搦《から》め捕られる。蜘蛛《くも》の巣にかかった羽虫みたいに、身動きできないまま干からびてしまう。
危険、危険、危険。
「じゃあな、ネズミ。縁があったら、また、会おうぜ」
「縁があったらな」
縁なんかあるかよ。二度と、顔を合わせたりするもんか。
後ろ手にドアを開け、そのまま外に出る。出た瞬間、全力で階段を駆け上がった。
その足が中途で止まる。階段の中ほどで、イヌカシは後ろを振り返ってしまった。
錆《さび》の浮いたドアが見える。
「ネズミか」
呟いていた。
この後、二度と会わずに済むだろうか。本当に?
縁があったらな。
耳にしたばかりの科白が、まだ、頭蓋《ずがい》の中で響いている。
縁があったらな。
あるだろうな、きっと。
唐突に感じた。ほとんど確信に近かった。これから先も、あの少年とは何度も出会う。関わりを持つことになる。

身が縮むほどの不快感を覚える。しかし、その不快の底には、どこか甘やかな感覚が漂っていた。

もう一度、呟いてみる。

「ネズミ、か」


「呼んだか」

妙にくっきりと返事があった。

は？

「呼んだか、イヌカシ」

目を開ける。

眩《まぶ》しい。

廃墟の一角にある部屋は、光に満ちていた。ガラス窓の向こうに雲を割って現れた青空が見える。

網膜に染みる青だった。

ネズミが覗《のぞ》き込んでいる。

目が合った。

出会ったときと同じ、艶やかな濃灰色の眸だ。

「……なんで、おまえがここに……」

「は？　えらい言われ方だな。そっちが呼んだんじゃないのか。こいつを使いにして」

ネズミの傍らで、茶褐色の犬が尾を振る。

「あ……呼んだ？　おまえを？　まさか。おれが呼んだのは……」

「おれじゃなきゃあ、誰だよ」

「それは……」

「イヌカシ、目が覚めたのか」

ネズミの後ろから、白髪の頭がのぞく。

「紫苑《しおん》」

「うん。大変だったな。もう大丈夫だ。すぐに楽になるからな」

紫苑が微笑《ほほえ》む。

不覚にも泣きそうになった。紫苑にすがって、声を上げて泣きそうになった。

紫苑、怖かった。このまま死ぬんじゃないかと思った。怖くて、心細くて、どうしようもなくて、おまえを呼んだんだ。

「ほら、これを飲んで」

紫苑が欠けた碗《わん》を差し出す。中には、緑色のどろりとした液体が入っていた。青くさい臭《にお》いが鼻を突く。

「これは……」

「薬草だ。ネズミの本棚に漢方薬の本があったんだ。もしかしてと思って雑木林を捜してみたら、けっこう、いろいろあった。これは、吐き気を鎮静してくれるし、疲労回復の効果もある」

「……はぁ、カンポウ？」

「昔、東洋に伝わっていた医学さ。身体そのものの治癒力を高めると書いてあった。ほら、ともかく飲んでみて」

「鼻を摘《つ》まめ。そうすりゃ、何とかなる」

ネズミが言った。

言われた通り、鼻を摘まみ、一息に飲み干す。それほど不味《まず》いとは思わなかった。喉を滑り落ちる苦みが力を与えてくれるようだ。大きく息を吐き出す。

こいつら、ちゃんと来てくれたんだ。おれのSOSを受け止めてくれた。おれは、こいつらに無条件で縋《すが》ったんだ。

紫苑が額に手を置いた。

冷たくて心地よい。

「しばらく、寝ていなきゃだめだ。肺炎は起こしていないみたいだけど、風邪の症状はある。それに、貧血も」

「……おれが寝込んでちゃ、犬どもが干上がっちまう」

「それは、何とかする。貸し出し業はぼくが引き受けるし、食べ物はネズミが調達してくれるさ。なっ」

ネズミがひょいと肩を竦めた。

「まあな、何とかしよう。しかし、これは貸しだぞ、イヌカシ。後で利子をつけて返してもらう」

イヌカシは横たわったまま、微《かす》かに笑《え》んでみた。いつもは、苛立《いらだ》ちを誘うネズミの物言いがひどく優しく聞こえる。

おれ、やばい。こんなところで泣いたら、後でどれだけからかわれるか……。泣くのなら、紫苑だけのときにしないと。堪《こら》えろ。涙、流れるな。

「ところで、イヌカシ」

紫苑がさっきよりも柔らかく微笑む。

「きみの体力からすれば、病気のほうは心配しなくていいと思う。でも、足の指の傷は、ちょっと危ないな」

「指？　ああ、右の親指な。前から疼いてたんだ」

怪我などしょっちゅうだ。余程の大怪我でない限り、舐めて治す。

「化膿《かのう》しかかっているんだ。このまま放っておくと、腫《は》れあがって動けなくなる可能性が高い。で」

「で？」

「手術をしよう」

紫苑が取り出したのは、あの救急ケースだった。少しも古びていない。

「紫苑、あの、何を……」

「傷口を切開するんだ。膿《うみ》を出して、きれいに消毒した後、縫合する。それだけだ。すぐにすむから」

いつの間にか紫苑はゴム手袋をして、メスを握っていた。銀色の研ぎ澄まされた小刀だ。一気に背筋が冷えていく。

「せつ、切開って。待ってくれ、紫苑。待てったら。まつ、麻酔はどうすんだ」

「ない」

「ないって、そんな」

「大丈夫。すぐ、終わるから。ネズミ、悪いけどイヌカシを押さえといてくれるか。動けないようにしてくれ」

「了解」

ネズミの両手が腰を押さえる。それだけで、下半身はほとんど動かせなくなった。

「おまえは知らなかっただろうけどな、イヌカシ」

ネズミが笑む。妙に艶《なまめ》かしい笑顔だ。

「紫苑は人の身体を縫うのが大好きなんだ。こう見えて、ドSなんだよ」

「うわっ、止めろ。怖いよ、助けて」

見栄《みえ》を張る余裕はなかった。半泣きになる。

「静かにしろって。往生際の悪いやつだ。それに、おれが見ても、この傷はやばいぞ。放っておいたら命取りになりかねない。紫苑ははっきり言わなかったが、この傷が不調の原因じゃないのか」

「原因でもなんでも、いいよ。痛いよ。あぁぁん、止めて。誰か助けて。紫苑、勘弁してくれよぅ」

「大丈夫、動かないで。あぁ、ほら、随分膿が溜まっていた。よくこんなので歩いてたな。少し痛みに鈍くなってたんだ。ほら、もう少しで終わるから」

「鈍くなんかないよぅ。あぁぁん、縫わないで。痛いよぅ」

「泣くなって。いい子だ。ぼうや、ご褒美をあげるから」

ネズミの唇から静かな旋律が流れ出る。緩やかに、そっと、イヌカシの心を揺らす。

一瞬、イヌカシは小さな赤子にもどり、誰かの胸に抱かれていた。恐怖も苦痛もな

い。安心して眠れる場所にいる。

「よしよし、いい子だ。何も考えずに眠れ。おまえのことを、おれたちは全力で守

る。決して、死神には渡さない、どんなことがあってもな」

おれたちは全力で守る。

イヌカシは目を開け、ネズミを見た。足元に屈みこむ紫苑の横顔を見た。二人とも

真剣な顔をしていた。紫苑の頰には汗が幾筋も流れ、顎から滴っていた。

おれたちは全力で守る。

嘘《うそ》じゃない。

偽りだらけのこの世界で、今、ネズミの吐いた一言は本物だった。この世の全てが

紛《まが》いものであったとしても、信じられる唯一の言葉だった。

我慢できなかった。
涙が溢《あふ》れる。
後から後から零《こぼ》れてしまう。溺《おぼ》れそうだ。
ばかやろう。泣かしやがって。
イヌカシはこぶしで両目を押さえ、声をあげずに泣いた。
窓の外には、まだ、青い空がある。

過去からの歌

ネズミが顔をあげる。

眉間《みけん》に僅かな皺《しわ》が寄った。

「なんだって？　紫苑、今、何て言った？」

「見たいと言った」

紫苑は、カップの中の湯をすすった。少量の砂糖を混ぜた湯は、仄《ほの》かに甘かった。西ブロックでは贅沢品の一つだろう。実際、紫苑も白湯《さゆ》ではなく味のついた飲みものは久しぶりに口にする。

「きみの舞台が見てみたいって言ったんだ」

「何のために？」

「理由は……別にない。見たいから見たいんだ」

ネズミは顎を引き、読んでいた本を閉じた。心なし乱暴な動作に思える。

「それじゃ答えになってないな。暇つぶしなら、他の方法を考えろ」

「暇つぶしを捜すほど、暇じゃない。一週間に二日は犬洗いの仕事があるし、カランたちに絵本を読む約束もしている。それに力河《りきが》さんのところでバイトも始めたんだ。今日もこれから出かける予定だ」

「バイト？　おっさんのところでか？　へぇ、まさか裸の女の写真を撮るなんて、粋《いき》な仕事じゃないだろうな」

「違う。ただの雑用だ。伝票の整理とか事務所の掃除とか。力河さん、けっこう、いろいろな商売をやってるんだな。知らなかった」

「ふふん、あのおっさんがまともな商売をするなんて、おれの小ネズミが空を飛ぶぐらいの可能性もないがな。気をつけろよ、紫苑。いつかみたいに、ナイフを手にした女が襲いかかってくるかもしれない」

「それはないと思うけど。力河さん、女には懲りたって、ずっと言ってるし」

「口だけだよ。おっさんは根っからの女好きなんだ。女なしじゃいられない。まぁ酒と女を天秤《てんびん》に掛けたら、泣く泣く酒をとるかもしれないがな」

「きみは、本当に……毒舌だな」

「あんたみたいに誰にでも節操なく優しくはできない。それだけのことさ」

ネズミが立ち上がる。それを待っていたかのように茶褐色の小さな生き物が肩まで駆け上がった。毛色から、紫苑がクラバットと名付けた小ネズミだ。

「誰にでも優しいのは、咎《とが》められることなのか」

口吻《こうふん》が尖る。胸の奥が波立った。その波立ちのせいで息が詰まった。それはNO.6にいたころには、決して味わうことのなかった情動だった。さまざまな感情が身の内でうねる。万華鏡《まんげきょう》のように次々と模様が描き出される。西ブロックで暮らし始めてから、己の感情の激しさと豊かさに、目を瞠《みは》ることが度々あった。

心が脱皮していく。強張った硬い皮を破り、魂が蘇生《そせい》する。

ネズミは本を棚にしまうと、マントを手に取った。

「誰も傷付けない優しい言葉に、何の意味がある?」

超繊維布を肩に掛け、手袋をはめる。

「あんたの言葉はいつだって優しくて生温《なまぬる》い。鳥の囀《さえず》りや虫の音と同じさ。美しいけれどどこにも突き刺さってこない。あんた自身にさえも、な」

「ネズミ」

「紫苑、あんたは優しいんじゃない。自分が傷つきたくないだけさ。だから、言葉から全ての棘《とげ》を抜いてしまう。なんの覚悟もないまま、当たり障りのない一言一言を垂れ流す。違うか？」

違うと言い切ることができなかった。

腹立ちを示すことも、侮辱だと言い返すこともできなかった。

ネズミの言辞は棘だらけだ。迂闊《うかつ》にふれれば、指先を貫き、血を滴らせる。それに比べれば、確かに……。

誰をも傷付けまいとすることを悪だとは思わない。優しさを不要だとも思わない。そして、ネズミが紫苑の優しさを指弾したわけではないとわかっている。

誰も傷付けない優しい言葉も覚悟を伴わない一言も、NO．6には溢れていた。

まぁ、かわいそうに、何とかしてあげればいいのに。

気の毒ですな。心が痛みます。

誠心誠意、努力いたします。

みなさん、誰とでも仲良くしましょうね。

そういうものに塗《まみ》れ、言葉の軽重にも意味にも無自覚に、無頓着《むとんちゃく》になっていた。

口先だけの優しさや労《いたわ》り、約束や愛に何程の価値もない。ただ、おぞましいだけだ。

ネズミに指摘されなくても、気が付いていた。気が付きはしたけれど、気が付かない振りができるなら、そうしたい。

心の奥底で泡立つ思いを、ネズミは見透かしていたのだ。紫苑の卑劣さや偽善に苛立ち、言葉に棘を含ませた。刺されても仕方ない。けれど……。

「きみに対しては、いつでも本気でしゃべってる」

ネズミが振り返る。

「うん? 何て言った?」

「いや……」

ここで口ごもれば、ネズミをさらに苛立たせるかもしれない。しかし、うまく舌が動かなかった。

ぼくは、きみと本気で向かい合っている。

その一言は重い。その重さに、紫苑は口ごもる。

ネズミの肩の上で、クラバットが鳴いた。

チチッ、チチチッ。

「おっと、いけない。また遅刻だ」

ネズミの口吻は落ち着いて、静かだった。さっきまでの苛立ちはどこにもない。

「じゃあな、紫苑。おっさんの所でのバイト、くれぐれも用心しろよ」

ネズミが出ていく。紫苑は一人、残される。いや、一人ではなかった。二匹の小ネズミ、ハムレットとツキヨが膝《ひざ》の上で眠っている。

二匹の頭を指の腹で撫《な》で、甘い湯をゆっくりとすすってみる。

美味い。甘露とはこういう味を言うのだろう。

西ブロックの日々は、紫苑の感覚を知らぬ間に、そして、迅速に研ぎ澄ませてくれた。視覚、聴覚、嗅覚《きゆうかく》、皮膚感覚、そして、味覚も。

NO．6、あの都市の内にいたころ〝美味い物〟は、たらふく食べた。食べることはできた。肉も野菜も魚も菓子も果物も、望めば最上級の物を無条件で得ることができた。ロストタウンに移ってからは、『クロノス』ほど多種多様な食べ物は手に入れられなかったが、それでも不足を感じたことは、あまりない。

母、火藍《からん》の作るケーキや焼き立てのパンは、質素ではあったけれど本当に美味で、いくら食べても飽きなかった。それでも、この湯の味ほど、心に染みたことはなかった気がする。

湯を飲み干す。

指先まで温まり、身体に力が満ちてくる。

「よしっ、ぼくも行かなくちゃ」

ハムレットとツキヨをそっとベッドの上に移し、立ち上がる。

「なぁ、でも、ここに来てから、ぼくなりに随分多くのことを学んだと思わないか。手書きの伝票の整理までできるようになったんだもんな。それに、床拭《ふ》きや皿洗いも一人前だって言われたし。一人前だぞ。な、少し誇らしく感じてもいいよな」

この身体と頭を使って働き、糧を得る。どんな仕事であれ、僅かな報酬であれ、誇っていい。そうだろ？

ツキヨが顔を上げ、同意するように耳を動かした。

まったく。

ネズミは奥歯を嚙む。

まったく、どうしようもないやつだな。

胸の中で独りごちる。

紫苑ではない。自分のことだ。

マントの下でクラバットが小さく声をあげる。

ギギッキキキ。

「うるさいな。おまえに言われなくても、わかってる。おれは、紫苑に八つ当たりしただけだ。あぁ……よく、わかってるって」

たまに、本当にたまに、紫苑といると感情が乱れる。自制心が薄れ、思いが生硬《せいこう》なまま口からほとばしる。火花を散らし、飛沫《しぶき》をあげる。紫苑を糾弾しようなんて僅かも思ってはいないのに。糾弾できるほどネズミ自身が正しくも強くもないと、知っているのに。

紫苑といると揺らぐ。

NO.6の全てを憎み、否定しようとする心が揺れるのだ。

NO.6。

この世で、最も醜悪な都市国家。

理想郷でも、聖都市でもない。それは表層だけの装いにすぎない。薄皮一枚をはぎ取れば、怪物の様相が現れる。

人を食らう怪物だ。

己の繁栄のためなら、周辺国家の破壊も、異民族の鏖殺《おうさつ》も躊躇《ためら》いはしない。略奪し、搾取し、支配する。

いつか必ず、倒す。

ネズミにとって、NO.6はこの手で倒さねばならない相手、この世界から消えねばならない存在だった。

そのグロテスクな怪物の内に、紫苑のような少年が暮らしていた。紫苑は、突然、侵入してきたVC——NO．6では凶悪犯罪を起こした受刑者を意味する——を受け入れ、怪我を治療し、寝床と食事を与え、その結果、保証されていたエリートとしての生活を失った。失ったうえで、ネズミに告げた。

たとえ何度、あの夜に戻ろうとも同じことをした。ぼくは、窓を開け、きみを待つだろう。

真《ま》っ直《す》ぐな言葉だった。胸を射ぬかれる。ネズミは一瞬、瞬きもできぬまま紫苑を見詰めてしまった。

優しいだけの紛いものの言葉など、紫苑は使わない。そして、おそらく、紫苑に繋《つな》がる人たちも。

紫苑の母は息子を案じながら、その帰還を信じて待っている。使いに出した小ネズミたちによると、頬が膨らむほど美味いマフィンやパンを焼くそうだ。そして、あの一途《いちず》な想いを秘めた少女。

紫苑の周りには、日々を懸命に生きている人々がいた。言葉をもてあそばず、他者を貶《おとし》めず、誇りを失わず生きる人々だ。そういう人々が、あの怪物の内側で暮らしている。

紫苑に出会わなければ、思い至りもしなかった。NO．6の市民全てを憎み、その滅びを願っただろう。

出会ってしまった。

知ってしまった。

知った上で、なお、おれは憎み切れるだろうか。

揺らぐ。乱れる。惑う。

ネズミは足を止め、振り向いた。

NO．6の外壁が夕暮れ間近の残光を弾いている。

赤みを濃く帯びた光は炎を思い起こさせる。

遠い昔、この両眼に焼き付いた色だ。

紅でも、臙脂《えんじ》でも、赤でもなかった。どれもが混ざり合い、混沌《こんとん》としか言いようのない色になっていた。

雑木林を出て市場を抜けてもなお、その色は眼裏に貼《は》り付いていた。一生、忘れることはできない。

燃えていた。

家も、木々も、生まれたばかりの妹を抱いた母も、燃えていた。

「逃げて」

燃えながら、母が叫ぶ。

美しい髪が、肌が、身体が燃える。

父が母に覆《おお》い被《かぶ》さり、炎を消そうと闇雲《やみくも》に手を振る。NO．6の兵士がそこに、火炎放射器を向けた。

炎が吐き出される。

父も母も妹も、炎に呑《の》み込まれ、燃え上がる。ネズミ自身は背後から激しい痛みと熱に襲われ、地面に転がった。

痛い、熱い、恐《こわ》い。

熱い、熱い、熱い、熱い、熱い、熱い、熱い。

「逃げろ」

父の叫びが炎を貫く。

「逃げろ、おまえだけでも……」

そして、全てが崩れていった。

ネズミは一部始終を見ていた。見ていたはずだ。

記憶はない。

覚えているのは、渦巻く炎の色と咆哮《ほうこう》――炎が逆巻く音は巨大な獣の咆哮そのものだった――と老女の背中だけだ。

老女に背負われ、走っていた。

老女の背中はごつごつと骨ばり、当時でさえさほど広いとは感じなかった。しかし、強靭《きょうじん》だった。その背も脚も強く、逞《たくま》しかった。

猛《たけ》る炎と炎が呼ぶ風とNO．6の兵士たちの間を掻《か》い潜《くぐ》り、老女は走る。灌木《かんぼく》の茂みを突っ切り、獣道を抜け、早瀬を渡る。

老女のおかげで生命《いのち》を長らえた。生き残ることができた。

老女はネズミの火傷が癒《い》え、動けるようになると、すぐ、旅立ちの準備を始めた。

「今は悪魔から遠ざからねばならん」

老女は独り言のように呟く。

「しかし、必ず帰ってくる。帰り、復讐《ふくしゅう》を果たす」

岩だらけの荒野から、後に西ブロックと呼ばれることになる低地のあたりまでも彷徨《さまよ》いながら、老女は、昼となく夜となく語った。

〝森の民〟の最期の様子を、後に〝マオの虐殺〟として、一部の人々の記憶にのみ刻まれる蛮行を、繰り返し語った。それは、西ブロックの地下の書庫に住み着いてからも続いた。本に埋もれ、老女の話を聞きながら、ネズミは育ったのだ。何の不足も感じなかった。ただ、老女の語りに引きずられるように、背の傷が疼く。母の声や父の叫びがよみがえる。それが辛い。

逃げて。

逃げろ、おまえだけでも。

よみがえる度に、疼きが強くなる。傷痕《きずあと》がのたうつようだ。歯を食いしばり耐えるネズミを老女はいつも、黙って見下ろしていた。感情の抜け落ちた冷ややかな眼差しだった。

老女も精一杯だったのだ。己の抱える憎悪、絶望、悲嘆に潰《つぶ》されそうになっていた。死の誘惑とぎりぎりのところで戦っていた。理屈ではなく感覚で、ネズミは老女の心内に渦巻く想いを捉えていた。

その夜、西ブロックの外に広がる荒れ地で野宿をしていた。定住する数日前のことだ。焚火《たきび》をし、その傍らで眠る。逃げ延びてしばらくは、炎を見ると全身が硬直した。あの色、あの咆哮、あの叫びが身体を貫き、傷が燃える。

けれど、一年も経《た》たぬ間に恐怖は失《う》せた。

炎は暖をとるのにも、肉を炙《あぶ》るのにも欠かせない。怖《おそ》れていては、凍え死ぬしかなくなる。

それに、ネズミは悟ったのだ。

恐ろしいのは炎ではなく人だ。と。

数時間眠り、老女と火の番を替わる約束だった。

「明け方、東の空が白むまで眠っておれ。遠慮せずともいいぞ。年寄りに、寝《ね》はそういらんからの」

ネズミが眠りにつく直前、老女は珍しく微笑み、枯れ枝を火に焼《く》べた。炎が柔らかな音を立てる。咆哮ではなく、鼠鳴《ねずな》きのようだ。

ネズミが目を覚ましたとき、東の空はまだ漆黒のままだった。おもむろに身を起こす。辺りを窺《うかが》う。

すすり泣きが聞こえた。その声に起こされたのだ。

焚火はちゃんと燃えていた。

炎が揺れていた。

「お婆《ばば》……どうした」

老女は背を丸め、両手で顔を覆い、嗚咽《おえつ》を漏らしている。ネズミが初めて目にする老女の涙だった。

傍らににじり寄る。膝に手をかける。

「どうした？　腹が空いたのか？　どこかが痛むのか？」

老女は答えない。ただ、さめざめと泣き続ける。

「なぁ、どうしたんだ。苦しいのか？　辛いのか？」

ネズミは老女の膝を揺すった。

この広大な世界で、よすがとなるのはこの人しかいない。

泣かないで欲しい。

苦しまないで、悲しまないで、どうかお婆。

「すまぬ……」

すすり泣きが止まった。

「わしとしたことが……堪え切れなんだ……」

「だから、どうしたのだ。大丈夫なのか」

老女の手が伸び、ネズミの頭を撫でた。

「懐かしい故郷がすぐ近くにある。けれど……もはや、マオの森の大半が失われた。

森のかわりに悪魔の都市が聳えている。わしが生まれ育ち、おまえの母や父が生まれ育ち、おまえが生まれ育った森は僅かしか残っていない。その森にさえ、わしたちは足を踏み入れることは叶《かな》わない。近くに……こんな近くにいるというのに……」

「お婆……」

ネズミは指先で老女の頰に触れ、涙をぬぐう。涙は驚くほど熱かった。

「泣かないで。泣いてはだめだ。泣けば心まで弱くなる」

老女はうなずき、ネズミの眼を覗き込んだ。

「おまえに歌を教えてやろう」

「歌？」

「そうだ。おまえの母親はマオ一の〝歌う者〟だった。はるか昔、わしもそうだった。おまえの母親に歌を教えたのは、わしだよ」

「おれにも、教えてくれるのか」

老女はネズミの眼を見詰めたまま、もう一度、深くうなずいた。もう泣いてはいなかった。涙の乾いた眸は、頭上の空より暗い。暗い眸が、焚火の炎を映し出す。

「おまえは〝歌う者〟に相応しい。母親とよく森に出かけ歌っていた。覚えているか」

ネズミはかぶりを振った。

火炎の中に全てが崩れ去った日、あの日以前の記憶は全て曖昧だ。何一つ、はっきりと思い出せない。

「ただ……声を」

「声、だと？」

「声を覚えている。生きていくための歌を伝えてあげる……、そう言った声だ」

こちらへおいで。

おまえに歌を伝えよう。生きていくための歌をおまえに伝えてあげる。

そう言った声を聞きはしなかったか。

老女が目を見張り、口元を歪《ゆが》める。

「それは……母の声だったのか」

問われてネズミは束《つか》の間《ま》、黙した。母の声が思い出せない。「逃げて」あの叫びがこびりつき、歌声も笑声も覆い隠してしまう。ただ、思い出せなくても言い切れる。

母の声ではなかった。

「ちがう。あれは……人のものではなかった」

「……そうか」

歪んだ口元から、吐息が零れた。

「そうか、おまえは既に知っているのか」

「え？　おれは知らないよ。声を聞いたのは夢のような気がする」

微睡《まどろ》みの間の夢。眠りの中の幻に過ぎないかもしれない。しかし、老女はゆるやかにかぶりを振った。

「夢ではない。おまえは〝歌う者〟だ。森のカミがおまえを選んだ」

「森のカミ……」

「そうだ。森そのものだ。森の民に恵みと畏《おそ》れを授ける。常にわしたちの傍らにいて、見守り、慈しみ、ときに、わしらを痛めつけ、破壊し、滅ぼす」

破壊し、滅ぼす。あの炎のことだろうか。

全てを焼き尽くし、全てを奪い、全てを無にしてしまう。

「ちがう」

言葉にしなかった思いを、老女は敏《さと》く察したらしい。振り切るように強く、頭を横に振った。

「あの炎は違う。あれは人間のものだ。人間の悪意と欲望がもたらしたものだ。森のカミの破滅とは違う」

老女が枯れ枝を焚火に投げ入れる。炎が僅かに膨らむ。目の前の火は優しい。暖と煮炊《にた》きのための熱を与えてくれる。

「悪魔の都市の者は森を焼き払った。森のカミの御座所《おましどころ》を灰にしたのだ」

「森のカミも、あのとき、死んだのか」

「森のカミは死なぬ。人の手によって殺されることなどない。悪魔の都市の者たちはカミを知らぬ。その恐ろしさを知らぬのだ。知ろうともしない」

「NO．6という名だ」

「なに？」

「あの都市は、NO．6と呼ばれている。そう聞いた」

「誰に？」

「旅人だ。楽師だと言った」

荒野で枝を集めているとき、白い装束の集団と出会った。誰もが背に白い袋を括りつけていた。

この世界には六つの都市国家があり、その中にも周辺にも人が集まり、暮らしていると教えてくれた。NO．6はその中でも最も豊かで美しく、閉鎖的な都市だと。

「良い声をしているな」

馬にまたがった楽師は言った。薄茶色の眸をしていた。荒野の土とよく似た色だ。

「とても、良い声だ。鍛えれば一流の歌うたいになれるだろう。どうだ、ぼうず、おれたちと来ないか」

心惹かれなかったと言えば、嘘になる。

楽器と歌を道連れに、この世界を放浪する。憎むのではなく、記憶に苛《さいな》まれるのではなく、心のままに歌い、奏で、踊る。

心惹かれる。

清冽《せいれつ》な流れに身を浸したような快感が湧《わ》きあがる。しかし、半歩退《の》き、目を伏せた。

老女を置いて、どこにも行けない。いや、それより、あの都市を赦《ゆる》したまま生きていくことはできない。憎しみを捨て去るわけにはいかないのだ。

「そうか、残念だな」

旅の楽師は息を吐き、馬上で身を屈めた。

「いつか、また、縁があるだろう。おまえは、おれたちと同じだ。留《とど》まるのではなく、浮遊する。そういう者だ。ふふっ。これでも人を見抜く目は確かなんで、な」

楽器を奏でるに相応しい長い指が、馬の首に触れる。脚の太いがっしりとした砂漠馬が、いななく。トロットで駆け出す。

一団は土煙の向こうに、すぐに見えなくなった。

「NO．6」

焚火を見据えながら老女が呟く。

「名などどうでもよい。あの都市は、あの都市に住む者たちはいずれ滅びる。森のカミは、決して赦しはしない」

木の枝が燃える。

炎に照らされ、老女の横顔が闇に浮かび出る。

「森のカミは赦さない。いずれ裁きをくだすだろう」

「それなら、おれたちが復讐するまでもないのか」

この憎しみを、あの叫びの記憶を、捨ててしまえるのか。

「いや、わしは忘れぬ。捨てぬ。わしは……間に合わぬかもしれん。あまりに老いた。この目でカミの裁きを見ることは、おそらく叶わぬだろう。だから、この手で報いてやる。ただ、一刺しでも」

老女はその言葉に従った。

矯正施設の視察に訪れた市長にナイフを手に向かっていったのだ。一刺しどころか、衣服を裂くことさえできなかった。ナイフを握ったまま胸を撃ち抜かれ、駆け寄ったネズミの腕の中で息絶えた。ネズミ自身がその場で殺されなかったのは、ほとんど奇跡だった。

捕らえられ、放り込まれた地下に、老《ろう》と名乗る男がいた。老女と連絡を取る手立てがあったのかどうか、老はネズミの全てを知り、全てを受け入れた。

「おまえに、わしの知識のことごとくを伝えてやる」

老は言った。

カミの声とよく似たことを言う。

ふっと思い、ほんの少しおかしかった。

紫苑と出逢《であ》う、二年前のことだ。

ネズミは立ち止まり、空を仰いだ。

陽光は、はや力を失い、萎《しな》びようとしている。

西ブロックの昼は短く、夜は早い。聳えるNO．6のため空は遮られ、太陽は僅かな時間しかこの地を照らさないのだ。

天空さえNO．6は略取する。

誰のものでもないはずの世界を貪欲に食い散らかす。

そっと背中を押さえてみる。

今でも、時折、疼く。

忘れるなと命じるかのように、火傷が疼く。

忘れるな、忘れるな、忘れるな、忘れるな、忘れるな、忘れるな。

忘れはしない。

忘れ去ることなど、できるわけがない。

NO．6が憎い。

父や母や老女を殺した。

森を焼き払い、森の民を虐殺した。

己の繁栄のためなら、人の命をも踏み潰す。共に生きていくのではなく、累々たる死者の上に己だけが君臨することを望む。

己だけの繁栄、己だけの幸福、己だけの享楽。

何とおぞましい存在であることか。

憎い。

息苦しいほどの憎悪が渦巻く。けれど……。

紫苑もあの都市の住人だった。

ネズミにとって、NO．6のあらゆるものが憎しみの対象だったはずだ。支配者だけではなく、何も知らず、知る努力をも放棄してのうのうと生きる市民たちも、また、憎い。

憎い？　そうか？　ならば、おまえは紫苑を憎めるのか。

ネズミ自身が問うてくる。

紫苑を憎み切ることが、おれにできるのか。

問うたびに、苦い。舌が痺《しび》れるほどの苦みが広がる。

こんなにも憎いのに、こんなにも疼くのに、おれは紫苑を……。

歩き出した足が止まった。

旋律が聞こえた。

耳を澄ます。確かに聞こえた。

ネズミは足を速めた。

角を曲がる。曲がると岩の点々と転がる野原が広がっていた。この野原の端に、仕事先である小さな劇場が建っていた。

白っぽい大岩にもたれ、一人の男が弦楽器を奏でていた。丈の長い上着も、足首で絞ったズボンも汚れ、色褪《いろあ》せ、元の色はほとんど判別できない。しかし、手にしていた楽器は目を見張るほど見事な物だった。

茄子《なす》を思わせる倒卵形《とうらんけい》の胴に四本の弦が張られている。その胴が、か細い夕の光を受け、煌《きら》めいているのだ。目を凝らせば、細やかな文様が刻まれ細かな金や銀、朧銀《おぼろぎん》などの破片がちりばめられているとわかる。

不思議な音色だった。

静かに澄んで、だからこそ、哀しい。心の奥底の悲しみをそっと撫でていく。掻き立てるのではなく、優しく愛撫《あいぶ》する。

そんな音だった。

男が顔をあげる。目が合う。

あの楽師？　遠い昔、一緒に放浪しないかと誘ってくれた男か？

そのようにも、まるで別人にも思える。

男が弦を爪弾《つまび》く。

旋律が生まれる。

ネズミはその旋律に合わせ、スキャットを口ずさんだ。そうしないではいられなかった。男の調べとネズミの声は混ざり合い、ゆるやかに流れていく。白み始めた空に似て、花弁を広げた花を思わせて、碧空《へきくう》の下の大河のように流れていく。

心地よかった。

身体が軽くなり、風が吹き通っていく。その風に乗って、天空高く舞い上がる。高く、低く、舞い、翻り、旋回し、上昇する。

男の指が止まった。ネズミも口を閉じる。

「止めないで」

女の声がした。

「もっと、続けてくれ」

男の声もした。

いつの間にか、大勢の人々が集まり二人を囲んでいる。

これだけの人数に気が付かなかったのか。

一瞬、背筋が冷えた。

普段、背後からの気配には特に敏感だ。たとえ、子ども一人の足音であっても反応する。石ころ一つ転がった音にも、構える。そうでなければ、生きていけない。

例外があるとすれば、紫苑だけだ。紫苑の気配だけは、時折、逃してしまう。理由はわからないが、捉えられなくなる。

「もっと、聞かせて」

「歌って、歌って」

「さっきの曲をもう一度」

男がネズミを見上げ、にやりと笑った。

「どうするね、お若いの。もう一節、やってみるか」

「いや。もうタイムリミットのようだ。煩《うるさ》い親分が来た」

「おい、イヴ」

腕を掴まれる。振り向きながら、その手を巧みに外す。

「やぁ、支配人。あいかわらず伊達男《だておとこ》だな」

赤い背広に蝶《ちょう》ネクタイの劇場支配人が両手を腰に当て、仁王立ちになる。これ以上の渋面はないほど苦り切った顔つきをしている。

「こんなところで、歌ったりして何を考えてんだ。こいつらは一文も払ってないんだぞ。客でもないものに聞かせて、どうするんだ。まったく……。うん？　何がおかしい？」

「いや……支配人も聞き惚《きほ》れていたんじゃないかと思って」

「ばっ、馬鹿《ばか》を言うな。おまえがあんまり遅いから様子を見に来ただけだ。そしたら、野外コンサートときた。まったく、金になる仕事をしろ、仕事を」

支配人はカイゼル髭《ひげ》の先を引っ張ると、男に向かってふいに愛想笑いを浮かべた。

「ところであんた、なかなかの腕前じゃないか。どうだ、うちで働いてみないか。あんたの演奏とイヴの歌があれば、すごい評判になる。わんさか客が寄ってくるぜ」

男は無言で、かぶりを振った。拒否の仕草だった。

「なんで？　あ、出演料ならたっぷり弾むぜ」

「その科白、おれにも言ってもらいたいもんだ」

「イヴ、ふざけるな。おまえには、いつもたっぷり払ってるだろうが」

「へぇ、そうなんだ。支配人とおれのたっぷり感覚は、だいぶ隔たっているんだな」

男が静かに立ち上がる。そっと身を寄せ、ネズミの耳元にささやいた。

「おまえも風か」

風？

「心のままにこの大地を吹き通っていく風だ。どこにも留まらず、どこにも根をはらない。おれたちと同じさ」

ネズミは男の眸を覗き込んだ。

薄い青色だ。

あの楽師ではないのだろうか。

「おまえは歌い、おれたちは奏でる。そういう者だ。なのに、なぜ、おまえはここに留まっている？　なぜ、風のように自由にならない。何に囚《とら》われて、動けずにいる」

男が離れる。

弦を一度だけ、掻き鳴らす。それから、楽器を袋に仕舞うと肩に掛けた。

「早く自由になるんだな、お若いの」

何も言えなかった。ネズミはただ、男の背を見送る。

何に囚われて、動けずにいる。

おれはいつか、この鎖を断ち切れるだろうか。憎しみという鎖、紫苑という鎖を断ち切り、自由になれるだろうか。

いつか、そういう生き方を選ぶ日が……。

必ず来る。

お別れだ、紫苑。そして、NO.6。

「さぁ帰った、帰った。イヴの歌が聞きたけりゃ金をもって劇場にお出かけを。今夜は大コンサートだぞ」

支配人のだみ声が響く。

立ち尽くすネズミの髪を風がなぶって過ぎた。

紫《し》苑《おん》の日々

雨が降っていた。

細雨だ。ほとんど霧に近い。

それでも雨は雨で、夜の街や傘を持たない人々をいつのまにか、濡《ぬ》らしてしまう。

家に入る前に、紫苑は髪に手をやり、軽く梳《す》いてみた。光沢のある白髪から水の粒が滴り落ちる。

思っていた以上に濡れているようだ。

早春の夜の冷気が、足元からはい上がってくる。早く温まらないと風邪を引くかもしれない。

そうわかっているのに、紫苑は扉の前で立ったまま、動けなかった。身体が寒い。気が重い。母、火藍の顔を見るのが辛かった。

裏口の扉は、木製であちこちペンキがはがれ、いかにも古めかしい。何度か新しい物に取り替えようと提案したけれど、火藍はその度に息子の提案をはねつけた。

「これで、じゅうぶんだわ。こんなに、がっしりと丈夫なんだもの。それに、何となく趣があるじゃない。やたらぴかぴかした金属製のドアより、よっぽどすてきだと思うけど」

母は費用を慮《おもんぱか》った、あるいは、工事の煩わしさを厭《いと》うたからではなく、本気で裏口の古い扉を好んでいる。そうわかったから、紫苑は二度と扉の付け替えを口にしなかった。

確かに、分厚い樫《かし》の扉は、しゃれた色鮮やかなスチールドアにはない味わいを滲ませているようだ。真鍮《しんちゆう》の丸い取っ手も緩みはない。

この扉は、紫苑と火藍が特権階級の居住地『クロノス』から、下町ロストタウンに移ってきた（実際には『クロノス』から追放され、ロストタウン以外での居住は認められなかったのだが、紫苑も火藍も、『クロノス』での日々を惜しむ気持ちは不思議なほどわいてこなかった）ときから、少しも変わっていない。もっとも、この住居そのものが、あまり変わってはいないのだけれど。

NO．6という都市国家が崩壊してから既に一年以上が経った。まだ、混乱は残り、NO．6の元住人もそうでなかった者も壁の失せた新しい状況にどう対応していくのか、手探りの最中だった。

（壁の）『内の者』、『外の者』という呼び方が定着し、互いを言葉の通わぬ異国人でもあるかのように窺っている。『内の者』は、自分たちが実に巧みに強固に支配されていたと気付き、管理社会からの解放を歓迎すると同時に、これまでの豊かさを手放したくない、この暮らしを犯されたくはないと主張する。『外の者』は、搾取の上に成り立ち、繁栄したNO．6の罪を糾弾し、平等な富の分配と虐げられてきたこれまでの日々の償いを強く求める。

今、再建委員会が中心となり、NO．6（新たな都市名を考慮すべきという意見はむろんあったのだが、誰も名前に拘《こだわ》る余裕などなく、他都市との関わりもあり、便宜上、NO．6はNO．6と呼ばれていた）の秩序の保安、行政・司法・立法機構の速やかな確立、ライフラインの確保等々に対応することとなった。

とりあえずは、NO．6の統治機関を活用する。西ブロックを特区として、生活に不可欠な供給システムの設備を急ぐ。軍隊の解体と治安維持のための一時的な警察機構を構築する。

再建委員会メンバーは十二人、旧NO．6住人、旧各ブロック代表で構成され、委員会の下には、さらに十二の小委員会がメンバーを委員長として設置された。

紫苑は再建委員の中で最も若いメンバーの一人だった。

この一年。

何もかもが変わった。まさに、怒濤《どとう》の如く、濁流の如く、雪崩の如く、全てを呑み込み、渦巻き、砕け、うねった。これからは、さらに激しくなるだろう。

紫苑は息を吐き出し、古い扉と、はげた真鍮の取っ手と、淡い明かりの漏れる小窓を順繰りに見詰めた。

変わらぬものもある。

人の世がどのように変転しようとも、変わらぬものも必ず存在するのだ。人の内にも外にも。

おれは、あんたに紫苑のままでいてほしい。

ネズミの呟きがよみがえる。

闘ってくれ。

自分と闘ってくれ。

命令でも指示でもなく、哀願だった。

あの一言を口にし、ネズミは紫苑に乞《こ》うたのだ。

紫苑、何があっても変わらないで、と。

ネズミがさらけだした想いに、ぼくは応えていけるだろうか。

紫苑は瞼《まぶた》を閉じる。

市場《バザール》の風景が浮かんだ。今は自由市場となり、整備され、かつての市場とは比べ物にならぬほど多種多様、新鮮で豊富な品々が並ぶ場所だ。火藍もよく買い物に出かける。

「市内の店より、二、三割安いんですもの。それに形は悪いけど味は最高よ」

昨日も、買い込んだ歪《いびつ》な林檎や曲がった胡瓜《きゅうり》を前に、楽しげに笑っていた。

母さんは知らないんだ。

あの市場で『人狩り』が行われた。NO．6の軍隊は容赦なく人々を撃った。額を、胸を、躊躇《ためら》いもなく撃ち抜いた。

人々の絶望と恐怖と悲嘆の叫びに満ち、血の臭いに濃く塗り込められ、死体が転がる。瓦礫《がれき》の下から腕がのぞき、千切れた脚を装甲車が潰し、まだ息をし、助けを求める者を軍靴が踏みしだく。

その後、紫苑が目の当たりにする地獄絵図の第一巻目だった。

母さんは、あれを知らない。

知らないでよかったと思う。

目を閉じれば、あの日のあの風景が僅かも薄れることなくよみがえる。市場だけではない。コンテナに詰め込まれた人々の表情を、早く楽にしてくれと懇願してきた男の眼を、折り重なった死体と纏《まと》いつく死臭を、炎の中に崩れ落ちる矯正施設の壁を、NO．6の空に立ち上った黒煙を忘れることなどできない。あれらは全て、生涯消えることない刻印となった。決して消えることのない……。

自分の食指が銃の引き金を引いたことも。偶発ではなく意志をもって、一人の男を殺害したことも。

眼を開け、空を仰ぐ。

むろん星も月もない。

頰を雨粒が滑っていった。唇に触れ、流れていく。

あぁ生きている。

唐突に、生を実感する。自分が今、生きていることを実感する。息が詰まるほど生々しく感じる。叫びたい。

ネズミ、ぼくは生きている。

光のない空に向かい、語りかける。

ぼくは、生きてきみを待っている。地獄の光景の中でさえ、ぼくはきみの眸に、言葉に、仕草に、想いに惹かれ支えられてきた。生き抜くことができた。そして、生きている。

聞こえているか、ネズミ。

ぼくは生きている。

犬が激しく鳴いた。家の中からだ。

え？　犬？　あっ、もしかしたら。

過去から現在《いま》に意識が引き戻される。同時に胸が高鳴った。扉を押す。

吼え声がぶつかってきた。威嚇でも警戒でもなく、歓喜と甘えを滲ませた啼声《ていせい》だ。

吼えながら一匹の斑犬《ぶちいぬ》が飛び付いてきた。尻尾《しっぽ》を左右に激しく振り、鼻先を紫苑の腿《もも》に強く押し付ける。黒い目には声以上の歓喜があふれていた。

「よっ、あいかわらず犬にはモテるんだな」

「イヌカシ！　力河さんも」

ソファに腰掛けていた力河が、わざとらしく顔を歪めた。

「おい、紫苑。おれをこの犬小僧の後に呼ぶなんて、無礼だろうが。普通『あ、力河さん！』と叫びながら飛びついてくるもんだ。この犬ころみたいにな。それから『なんだ、イヌカシもいたのか』って具合になるもんさ」

「けけけっ」

イヌカシが歯を剝《む》きだして笑う。

「何が無礼だよ。おっさんやおれに礼儀なんて必要ねえだろう。おれの犬に毛皮のコートがいらねえみたいなもんさ。はは、礼儀じゃ腹は膨らまねえもんな」

「うるせえ。おまえみたいな半獣人といっしょくたにするな。おれは、れっきとした人間で、れっきとした紳士なんだ」

「紳士？　紳士ってのは、酒と女と金がないと生きていけないやつのことだったのかよ。へぇ、知らなかったね。いつの間に、そんな意味になっちまったのかねぇ。嘆かわしいこった」

イヌカシがさも哀《かな》しげに、長い息を吐き出した。

噴き出してしまう。

イヌカシと力河のやりとりを久々に聞いた。久々に、腹の底から笑っていた。

「相変わらずだな。二人とも」

「こいつが、犬のくせに生意気すぎるんだ。おれのやることに、いちいち、あれこれ文句をつけやがる」

「おっさんが、人間のくせに単純過ぎんだよ。すぐに、かっかしちまって本気できれるんだから、やってられねえ。犬のほうがよっぽど知的じゃねえかよ。まっ、頭もハートも人より犬のほうが何倍も勝っちゃあいるんだけど。それに、おっさんはどっちかっていうと、人より猿に近い感じだもんな」

「あぁ、そうさ。おれは猿さ。だから犬を見ると、どうしようもなくむかつくんだ。嚙み殺したくなるんだよ。うがおうっ」

力河が両手をあげて、イヌカシに襲いかかる。イヌカシはせせら笑いながら、敏捷《びんしょう》に身を躱《かわ》した。

「あらまぁ、賑《にぎ》やかだこと」

火藍が入ってくる。とたん、力河の動きが止まった。空咳《からせき》をしながら、イスに腰を掛ける。三《み》つ揃《ぞろ》いのチョッキの前を軽くはたき、愛想笑いを浮かべる。

「でも、もう少し静かにしてちょうだい」

火藍は腕の中の赤ん坊を軽く揺すった。ぐっすり寝入っているようだ。

「シオン」

「紫苑、大きな声出さないで。シオンがやっと眠ったところなんだから……。あら、何だかややこしいわね」

シオンは色目もわからなくなった古い毛布に包まれて、寝息をたてていた。長い睫《まつ》毛《げ》が影を落とし、ふっくらとした唇が半開きになっている。幸福というものに形があるのなら、この寝顔そのものだ。見る者全てを幸せにしてくれる。

「この前会ったときより、また、大きくなったみたいだな」

「みたいじゃなくて、確実に大きくなってんだよ。今じゃ、犬たちと走り回って遊んでいる。もうすぐ、骨付き肉の骨だって食えるようになるさ」

イヌカシは目を細め、シオンの額にそっとキスをした。

「あなたは、とても子育て上手だわ。イヌカシ」

火藍が微笑む。

「わたしもたくさんの赤ちゃんを見てきたけど、こんなに幸せそうな寝顔の赤ちゃん、初めての気がする」

「ほんとにそう思うか、火藍ママ」

「ええ、思いますとも。あなたを心から信頼して、あなたもその信頼にちゃんと応えている。すてきな親子だわ」

イヌカシの褐色の頰が仄かに上気した。

「おれの犬がシオンをくわえてきたとき、正直、腹が立った。知らぬ振りをして、ほっぽっておこうかと考えたんだ。赤ん坊なんて足手まといにしかならない。厄介なお荷物を押し付けやがってと紫苑を怨《うら》んだんだぜ」

「……すまなかった。勝手だとはわかっていたけど……。きみに託すしかなかったんだ。きみになら託せると思った」

イヌカシの黒い眸が紫苑に向けられる。

「紫苑、それって」

「うん？」

「おれを信じているってことか」

「そうだ」

うなずく。

嘘でも衒《てら》いでもない。

『人狩り』の混乱の最中、若い母親から赤ん坊を受け取ったとき、紫苑の頭にはイヌカシしか浮かばなかった。イヌカシだけが浮かんだのだ。

イヌカシなら何とかしてくれる。この小さな生命《いのち》を全力で守り通してくれる。イヌカシなら。そう思った。

イヌカシがにやりと笑う。指を立て、くるりと回す。

「おまえはおれを信頼し、おれはその信頼にちゃんと応えた。そういうこったな」

「その通りだ。たぶん」

たぶん、ネズミもそうだろう。きみを信頼し、きみに託した。

その一言を呑み込み、唇を結ぶ。なぜか、ネズミの名前をここで口にしたくなかった。

「おい、ちょっと待て、紫苑。まさか、おまえ、おれよりこっちの犬小僧を信頼してたって、そういう意味じゃないよな」

「え？　あ、いや……そうじゃなくて、何か、その……力河さんと赤ん坊が、とっさに結びつかなかったんです」

「当たり前さ。おっさんなんかに預けたら、翌日には売り飛ばされちまう。生きた赤ん坊は、けっこういい値で取り引きされるからよ」

「まぁ、赤ん坊を売買するですって？」

火藍の顔から血の気が引いていく。力河がばたばたと手を振った。

「いっ、いやいや、火藍、そっ、そんなこと、おれがするわけないだろう。性質《たち》の悪い冗談だ。こいつは、いつも性質の悪い冗談しか言わないんでね。困ったもんだ。あまり、本気で取り合わないほうがいい」

「……そうよね。まさか、あなたが赤ん坊を売り買いするなんて、そんなこと、あるわけないものね」

「そうさ」

力河が胸を張る。

「火藍、これだけは知っておいてくれ。おれは、旧西ブロックでいろんな商売をした。その中には、あまり、その……よろしくないというか、うん、よろしくないものもあった。それは確かだ」

イヌカシが肩を竦める。

「つーか、ほとんどがそうさ。エロ雑誌の発行が一番、まともだったんじゃないの」

「うるさい。おまえは黙って鶏の骨でもしゃぶってろ。火藍、聞いてくれ。おれは、だけど、子どもや赤ん坊には決して、手を出さなかった。小さい者たちを食い物にするような商売だけはしなかったんだ。それは、本当だ。信じて欲しい」

火藍は腕の中のシオンから力河へと視線を移す。

「ええ、もちろん信じるわ。あなたが幼い人たちを金儲《かねもう》けの対象にするなんて、考えられないもの」

「火藍」

力河が頬を紅潮させ、火藍に一歩、近づく。

「ありがとう。きみが信じてくれるのなら、他にどんな支えもいらない気がする」

「あら、力河」

火藍は半歩、後ずさると、穏やかに笑んだ。

「昔のあなたは、そんな気障《きざ》な科白を言える人じゃなかったんだけど。もっと朴訥《ぼくとつ》で、自分の言葉に対して慎重だったわ」

イヌカシが口笛を吹く。

「ひひっ、さすが火藍ママだ。いいとこ、突くじゃねえか。まったく、なにが『きみが信じてくれるなら』だ。いまどき、三文小説にも出てこねえ科白だね」

「小説なんぞ、読んだこともない犬頭が。余計な口をたたくな」

「おっさんの酒漬け脳ミソより、よっぽど上等さ」

「なんだと」

「なんだよ、文句あっか」

力河とイヌカシが睨《にら》みあう。

「止めなさい、二人とも。紫苑、笑ってないで止めてちょうだい」

火藍は、ソファの陰で腰を屈めた。そこに置かれた揺りかごにシオンをそっと下ろす。揺りかごは籐《とう》製で、何の飾りもないシンプルなものだった。その分、丸みを帯びた全体の形が美しい。たいそう古く見えるけれど、傷みはほとんどなかった。

横に、金色の小さなプレートがぶら下がっている。

『最愛の息子　紫苑へ』

プレートに、その一節が刻まれていた。

「え？　母さん、これ」

火藍の手が揺りかごをそっと揺する。

「そう。あなたが赤ちゃんのとき使っていた物よ。覚えてないでしょうけど」

どうだろう？

ゆらゆら揺れながら、優しい子守唄《こもりうた》を聞いたような……。

「まさか、こうしてまた使えるなんて、思ってもいなかったわ。引っ越しのとき、無理をして持ってきてよかった」

『クロノス』の住宅を出るさい、持ち出せる家具や食器は厳しく制限された。もともと、紫苑がエリートとして認証されたからこそ、与えられた家であり、家具であり、サービスであり、豊かさであり、最高の住居環境だったのだ。

エリートとしての資格を剝奪《はくだつ》された時点で、NO．6から与えられた全てを返却しなければならなかった。火藍と紫苑が『クロノス』からロストタウンに運んだ私物は、驚くほど僅かでしかなかった。その中に、揺りかごが交ざっていただろうか。いや、なかった。交ざっていれば目につかないわけがない。

「あなたにないしょで後から運び込んで、倉庫の天井裏に仕舞いこんでいたの」

「なんで、ないしょにしなきゃいけなかったわけ」

火藍の手が止まる。

「だって、これ……あなたの父親の手作りなのよ」

息が固まった。気道を塞《ふさ》ぐ。その息を吐き出したと同時に、声が漏れた。

「え？　父親？」

「そう。あなたの父親が、あなたのために作った揺りかごなのよ」

火藍は唇を尖らせ、紫苑から視線を外した。

「父さんって……職人だったのか」

「いいえ。地質学者よ。本職はね。優秀な人材だったと思うわ。再生プロジェクトチームの一員に選ばれたぐらいだから」

再生プロジェクトチーム。

NO．6をこの世の楽園、理想郷にするために選ばれた者たちの集まりだった。

NO．6の絶対的な支配者となることを望んだ市長も、森のカミ、エリウリアスを手中に納めようと目論んだ科学者も、あの老《もくろ》も、チームの一員だった。

それぞれの志と未来は変質し離反し、老は地下の人となり、NO．6は怪物都市へと変貌《へんぼう》していった。そして、瓦解《がかい》への道を進む。

そのメンバーに、父がいたのか。

驚くしかない。ただ、驚くしかない。

「母さん、でも……ぼくの父親は女にも金にもだらしなくてアル中一歩手前のどうしようもない男で、でも、むちゃくちゃ優しくて、誠実だった……。以前に、そう言ってなかったっけ」

「言ったわよ。その通りなんですもの」

火藍の唇がますます尖る。まるで不貞腐《ふてくさ》れた子どもだ。

「お金は入ってくるだけ使っちゃうし、一日中お酒を飲んでるし、好みの女の子がいると後先考えず付き合っちゃうし……、わたしと結婚した後だって、何人も恋人を作って……」

「火藍と結婚しながら恋人がいただと、なんて男だ。許さん」

力河はこぶしを握り、眉《まゆ》を吊《つ》りあげた。

「ほんとだ。おっさん並みに自堕落なやつだな」

イヌカシが相槌《あいづち》をうつ。

「おい、犬小僧。おれのどこが自堕落だ。おれは、独身だからこそ女……女性と遊びもしたさ。しかし、もし、結婚すれば」

力河は上目遣いに火藍を見やると、小さく息を吐いた。

「一生、その相手を愛して暮らすね。他の女になんか目もくれるもんか。あ、むろん、酒も止める。いや、自分で言うのも何だが、おれは、けっこういい家庭人になるタイプだな。うん」

「あほくさ。おっさんがまともな結婚相手になるなんて、おれの犬が一流のシェフになるより、あり得ない話じゃねえか」

力河が何か言う前に、イヌカシは火藍に顔を向けていた。

「けど、火藍ママ。そんないいかげんな男が紫苑の父親だなんて、想像もつかないぜ。性格が違い過ぎるよな」

「そうね。でも、びっくりするぐらい手先の器用な人で、そういうところ、紫苑は受け継いだみたいよ。実はこれも」

火藍がそっとシオンの毛布をめくる。白いこざっぱりとした襟付きシャツを着ていた。襟と胸ポケットの縁に青い縫い取りが施されている。鮮やかな青だ。

「彼の手作りなの。ベビー服もよだれかけもそうだわ。これは、家を出ていく前日に縫いあげて、紫苑の一歳の誕生日に着せて欲しいなんて手紙といっしょに、テーブルの上に置いてあったの。だから、あなたが一歳になった日、ちゃんと着せたわ。少し大きかったけど。こちらのシオンにはぴったりだったわね」

母から詳細な父親の話を聞くのは、ほとんど初めてだ。母が語りたがらなかったから、紫苑も尋ねなかった。父のいない日々を当たり前のこととして受け入れていた。

金にも女にもいいかげんで、酒好きで、地質学の専門家で、再生プロジェクトのメンバーで、驚くほど手先が器用で、紫苑が生まれて間もなく家を出ていった。

紫苑は揺りかごに目をやる。その中で眠っている自分と同じ名の赤ん坊を見る。青い縫い取りのシャツに触れてみる。

これが父親の遺《のこ》した物なのか。

紫苑はそっと火藍の横顔を窺う。

母がNO．6の中枢に座る者たちと面識があったのは、老を通じてだけではなかったのだ。そして、同じプロジェクトチームのメンバーとして、理想を胸に秘めた者同士として、父はあの市長やあの科学者たちと若い時間を生きたのだ。

「で、紫苑パパが家を出ていったのは、やっぱり、その、女性問題がこじれたからなわけ？」

イヌカシが身を乗り出す。

「おい、他人のプライベートに口を突っ込むな。まったく、どこまでも下品なやつだ。恥を知れ、恥を」

「けっ、よく言うよ。おっさんだって、聞きたくてうずうずしてるくせに。へへ、かっこつけちゃって笑える」

イヌカシが歯をかちかちと鳴らした。図星だったのか、力河は顔を朱に染め、黙り込んでしまった。火藍は、イヌカシの露骨な物言いに気を悪くした様子も、臆《おく》した風も見せず、淡々としゃべり続ける。

「そうね、それも遠因の一つになったかもしれないわね。わたしも若かったし、もういいかげんにしてって思ってたから。でも、紫苑が生まれるってわかったときから、彼、少し変わったの。生まれてくる赤ちゃんに夢中になって、一時的にだけどお酒も飲まなくなって、女遊びも止めちゃって……。お酒のほうは、すぐに復活しちゃったけどね。このままだと、それこそ、まともな家庭人になってくれそうで、わたしは内心、喜んでいたの。だから、彼が家を出たのは女性がらみじゃなくて……別の理由があって……」

「NO．6の変質」

紫苑の一言に、火藍が瞬きを繰り返す。

「わかる?」

「何となく」

NO.6が都市国家、絶対的管理国家の姿を確立していく過程で、何人もの再生プロジェクトメンバーが脱落していった。ある者は意図的に排除され、ある者は自らの意思で去っていったのだ。推測の域を出ないが、邪魔者として密殺された者もいたのではないか。いたとしても不思議ではない。

「彼は、NO.6が都市としての機能を築き上げる過程で徐々に……いえ、かなりの速さで変貌していくことに戸惑っていた。ええ、訝《いぶか》しみ、どうすればいいのか見当もつかずにいたのよ。もしかしたら、怖がっていたのかもしれないわね。こんなはずじゃない。おかしいって、口癖のように呟いていた。そして、ある日……紫苑が生まれて、まだ一月《ひとつき》も経っていなかったころ、わたしに言ったのよ。一緒にNO.6を出ようって。今ならまだ、脱出できる。けれどすぐに、この都市から逃れられなくなるって。それは、もう真剣な表情だった。彼、あのときにはもう、NO.6に見切りをつけていたのね。ここでは、ぼくは生きられない。息が詰まり、いつか、自ら命を絶つことになる。あるいはその前に殺されるだろう。そうなる前に、三人でNO.6から遠く離れ、見知らぬ土地で暮らそうって、わたしを説得しようとしたの」

「でも、母さんは拒んだ」

「ええ」

火藍が深く息を吐いた。

「拒否したわ。一緒には行けないとはっきり告げた。彼を信じることが、どうしてもできなかったの」

紫苑の眼差しが眩しいかのように、火藍は目を伏せる。

「NO．6を離れてどこに行くのかと訊《き》いたら、彼、わからないって答えたの。それから、楽しそうに笑って……風のように気儘《きまま》に放浪するのも悪くはないだろうって。生まれて一月にもならない赤ん坊がいるのよ。六つの都市国家以外、この世界には荒れ地と僅かな草原しか残っていないはずなのに。そんな過酷な旅を赤ん坊に強いるなんて、わたしにはできなかった。NO．6の内にいれば、少なくとも飢えや病気に脅かされることはないと思ったの。彼がNO．6の代わりに、わたしたちを守ってくれるとは、どうしても思えなかった。彼を信じられなかったのよ」

火藍の口から何度目かの吐息が漏れた。

「あの日の選択が正しかったのかどうか……わたしには、わからないの。彼と行かなかったことを後悔は一つもしていないのだけれど、あのとき、既に、わたしはNO．

6に依存していた。依存して生きようとしていた。ずっと、そのことに気が付かないままだった……。彼がいち早く嗅ぎつけていたNO．6の腐臭に、鈍感なままだったの。それは……とても、口惜しいことよ」

「それで、父さんの行方は、今はまったくわからないんだ」

「ええ、わからないわ。生きているのか死んでいるのかさえ、はっきりしないの。でも、あの人のことだから、思いのままに生きているんじゃないかしらね」

火藍の声音が僅かに低くなる。

「紫苑、あなた父親に会いたい？」

「いや……物心ついたときから母さんしかいなかったから、懐かしいとか恋しいとか、そんな感情はないけど。でも、少し不思議ではあるな」

「不思議？」

「母さんがどうして急に父さんの話をしてくれたのか不思議なんだ。今までずっと黙っていたのに」

火藍の唇が動く。しかし、言葉は出てこなかった。束の間、静寂が訪れる。シオンの寝息がはっきり聞き取れるほどの静かさだった。

「かっ、火藍」

唐突に力河が立ち上がる。

「あ、あの、きみはまだ、その、まっ前のご主人を忘れられずにいるとか……あの、やっぱり、かつ、帰ってくるのを待っているとか、そういう心境で、あの、今は、そうなんだろうか。それとも、そういうことじゃなくて、そんな拘りとかはなくて、その、あの、これがああして、こうなるとか……」

「おっさん、何語をしゃべってんだ。生まれたての仔犬だって、もう少しちゃんとしゃべるぜ。なっ」

イヌカシの足元に寝そべっていた斑犬が薄目を開ける。それから、ふわりと欠伸《あくび》をした。火藍が微笑む。

「待ってなんかいないわ、力河。わたしにとって、あの人はもう過去の人なの。もちろん、生きていて欲しいとは思うけど」

それとわかるほどの喜色が力河の面を染める。「わかり易い男だね、まったく」イヌカシが呟いた。

「そうだよな。人間は過去に拘ってちゃだめだ。拘るなら、未来。昨日より明日のほうが、ずっと大切なもんだ」

「ええ、その通りよ」

「そっ、そうだよな。きっ、きみもそう思ってくれるよな。あの……だから、火藍、過去に一緒に生きた者より未来を一緒に生きられる人間のほうが、それは、やっぱり、大事ってことじゃないか」

「ええ、大事よ。よくわかっているわ。だから、今夜、夕食にご招待したの。一緒にお食事がしたかったのよ」

おぉ、ともあぁ、とも聞こえる音が力河の口から溢れ出た。

「かっ、火藍、そうなのか。きっ、きみはおれを大事に思ってくれて」

イヌカシが力河の上着を引っ張った。

「おっさん、おっさん。夢をぶち壊すようで悪《わり》ぃけどよ、おれも招待されてるから。おっさん一人じゃないから。そこんとこ、忘れないでくださいませよ」

力河は露骨に顔を顰《しか》め、虫を追い払う仕草で手を振った。

「しっしっ、おまえは、そのボロ犬を連れてとっとと出ていけ。どうせ、火藍の料理につられて、呼ばれもしないのにのこのこやってきたんだろうが」

「お生憎《あいにく》さま。ちゃんとご招待いただいたさ、な、火藍ママ」

「ええ。もちろんよ。イヌカシも力河も紫苑の大事な仲間ですもの。わたしにとっても大切な友人だし。二人揃って、来てもらいたかったの。たいしたものはないけれど、焼き立てのパンだけは、たっぷりあるわ。それに、自家製のジャムと時間をかけて煮込んだシチューもこしらえたから。待ってて、すぐに用意をするわ。紫苑、手伝ってちょうだい」

「うん」

火藍が台所に通じるドアを開け、出ていく。パンとシチューの匂いが流れ込んできた。混ざり合うことなく、鼻腔《びこう》を刺激する。イヌカシの鼻が勢いよく動いた。

「おれも、手伝うぜ。タダ食いってのは、性にあわねえんで。へへ、焼き立てのパンにシチューだとよ。聞くだけで涎《よだれ》が出ちまうのに、この匂い、最高だね。腹がギュルギュル鳴きやがる。な、おっさん、腹が減って、うん？　……おっさん、どうした？目の焦点が合ってねえんじゃないのか。なにぼんやりしてんだよ」

「……仲間、友人……」

「は？」

「火藍に仲間だと言われた。友人だと……。火藍にとって、おれは仲間や友人の一人に過ぎないってわけか……」

紫苑とイヌカシは顔を見合わせていた。イヌカシが首を傾《かし》げる。

「うーん、まっ『仲の良いお友達でいましょうね』ってのは、御断《おこと》わりの常套句《じょうとうく》だよなあ。犬の場合『あなたの毛並みが嫌いなの』とか『歯並びが最低』なんてストレートに言っちゃうけど、人間ってのは回りくどいからねぇ。はは、けど、おっさん、本気で火藍ママにプロポーズする気だったのかよ」

「……本気だった。仕事のほうも軌道に乗りそうだし、金もそこそこ持っている、火藍を幸せにする自信はあったんだ」

NO．6の崩壊後、力河は混乱に乗じて市内から流出する品々を安く買い漁った。工芸品、電子機器、絵画、宝石、家具、医療機械、自動車、衣服事務用品、玩具《おもちゃ》に至るまで、あらゆる物を掻き集め、状況がやや落ち着いたころ高値で売《う》り捌《さば》き、相当の利益を得た。今は出版社と印刷会社を経営し、週刊の情報誌と日刊の新聞を発行している。

「力河さん、実業家として成功しつつありますものね。たいした辣腕《らつわん》ぶりだと、評判じゃないですか」

「紫苑、本気でそう思っているか」

「もちろん、本気です。力河さんやイヌカシに、お世辞を言う必要はないでしょ」

紫苑は上着を脱ぎ、シャツの袖《そで》をめくりあげた。

「だから、何でもかんでもこの犬小僧と対にするなって。まっ、それはいいとして、紫苑、おまえはおれのことを認めてくれるんだな。火藍の結婚相手に相応しいと、認めてくれたんだな」

「は？　え、いや、そういう意味ではなくて……、えっと、あの、母は再婚する気がまったくないんじゃないでしょうか。今の生活に満足して、このまま、ずっとパン屋でいたいって、この前も言ってましたから」

確かに、火藍の生活は表面上は、ほとんど変化していなかった。ロストタウンの片隅で小さなパン屋を営み、馴染《なじ》みの客たちとしゃべり合い、早朝からパン生地を練る。それだけの日々を淡々と続けていた。混乱の最中でさえ、火藍は窯に火を入れ、パンを焼き、店頭に並べたのだ。人々は小さなロールパンやマフィンを頬張《ほおば》りながら泣いた。

「世界が足元から崩れ落ちたのに、この味は変わらない。世の中に変わらないものが残ってたんだな」

店の常連客だった老人が涙で頬を濡らし、繰り返し呟いていた。同じような呟きを紫苑は何度も耳にした。

決して変わらないものが、ここにある。

その実感は、人にとって、ときに希望にも生きる糧にもなる。

「あんたの母親は、すごいな」

ネズミが珍しく、感嘆の声を零した。

目覚めた日のことだった。


全てが終わった、いや、始まった日、疲れ切った傷だらけの身体で、火藍のもとに帰り着いた。再会の抱擁もそこそこに、ネズミと二人ベッドに倒れ込み、泥のように眠った。感覚の全てが消え去るほどの深い眠りから覚めたのは、翌日の真昼、太陽は中空に輝き、光はどこか赤みを帯びて淡く煌めく。そんな時間帯だった。

隣にネズミの姿はなかった。毛布が一枚、ベッドの端にきちんと畳まれているだけだ。紫苑は毛布の上にこぶしを乗せる。知らず知らず呻きが漏れる。

ネズミ、行ってしまったのか。

四年前と同じように。

四年前の嵐《あらし》の過ぎた朝、紫苑の傍らからネズミは消えた。昨夜のことが幻であったかのように、鮮やかに消え失せてしまった。

あのときは出逢ったばかりだった。お互い、ほとんど何も知らなかった。背負った過去も、見詰めている未来も、胸に秘めた想いも、何一つ知らないままだった。

今は違う。

摑めないことも、理解し合えないことも確かにある。どう足掻《あが》いても埋めきれない隔たりが自分とネズミの間には、存在するのだ。

わかっている。ずっと一緒に、だ。わかった上で、共に生きてきた。過去や未来ではなく、現在《いま》を生きてきた。

なのに、きみはまた黙って行ってしまうのか。

そこまで考え、紫苑は強くかぶりを振っていた。

そんなわけがない。

あれだけの時間を過ごし、あれだけの死地を乗り越えてきた。一言も残さず消えてしまうわけがない。そんな関係じゃないはずだ。それに、あれほどの深い傷を負ったまま、動き回るのは危険だ。ネズミが無意味な危険を冒すとは考えられない。

ふっとコーヒーとパンの匂いを嗅いだ。目覚めの匂いだ。

リビングへと続くドアを開ける。

「おや、やっと王子のお目覚めか」

コーヒーカップを片手にネズミが笑んでいた。

「もっとも、おれもさっき起き出したばかりだけどな」

安堵の吐息を何とか呑み込み、紫苑は努めて冷静を装った。

「ネズミ……身体はどうだ」

「すこぶる快調、と言いたいけれど、さすがにちょっと応えてるな。そっちは？」

「すこぶる快調だ」

ネズミの手の中で、白いカップがくるりと回る。

「ホームグラウンドに帰ってきたとたん、強気だな。しかしまぁ、強がりを言える余裕があるってのは、いいことさ。けど、強がりの前にシャワーでも浴びてさっぱりしてきたらどうだ。荒野を彷徨うリア王でも、あんたよりはマシな形《なり》をしてるぜ」

壁にかかった鏡を覗いてみる。顔も髪も血と泥と汗の跡に汚れ、シャツはあちこちが破れ、右袖など今にもちぎれそうだ。

なるほど、狂乱のブリテン王もここまで酷《ひど》い姿ではないだろう。

何だか、おかしい。

「さて、陛下。湯浴《ゆあ》みをなさいますか。それとも、まずはとびっきりのコーヒーでもご準備いたしましょうか」

「きみにコーヒーを淹《い》れてもらえるなんて、光栄の極みだな」

「さっき、あんたのママから、それこそとびっきり美味いパンをご馳走《ちそう》になった。舌が蕩《とろ》けそうなぐらい美味かった。コーヒーを淹れるぐらいのサービスはするさ」

「あ……母さんは」

「ママは早朝から働き詰めさ」

ネズミが顎をしゃくる。

薄い壁の向こうからざわめきが伝わってきた。

「え？　店を開けているのか」

「みたいだな。『わたしはパンを焼くことしかできないから、できることをするしかないの』だとさ。この混乱の中で、だぜ。今も窯には火が入ってデニッシュが焼けている。夜には、おれのためにクラバットを作ってくれるそうだ」

「そうか……母さんらしいな」

カップを置き、ネズミは白い壁に視線を向けた。口元にもう笑みはない。奥底に暗みを秘めた眼差しが壁を突き抜け、立ち働く火藍を見ているようだ。

「あんたの母親は、すごいな」

ネズミが言った。ほとんどささやきに近い小声だったけれど、そこに感嘆の響きが確かに含まれていた。

「まさに偉大なる母だ。そういう者もＮＯ．６の内にいたんだ。市民として生きていた」

「……だな」

人はどんな環境に置かれようとも、決して一色に塗りつぶされない。一時、塗りつぶされたとしても、いつか自分の色を取り戻し、自分に忠実に生きようとする。さまざまな色をこの世界に浮かび上がらせようとする。

それこそを希望と呼ぶのだろう。

これからの日々、人を、希望をどこまで信じ切れるのか。紫苑自身が問われることになる。そして、ネズミもまた、同じ課題を引き受けねばならないはずだ。

ネズミ、ぼくたちは人を信じ切れるだろうか。憎むのではなく、嘲《あざけ》るのではなく、虐げるのではなく、ただ信じる。

それができるだろうか。

コーヒーの芳香が匂い立つ。

「とびっきりのパンとコーヒーで、まずはとびっきりのブランチを。せめて今日ぐらいは何も考えず、休息すればいい。あんたのママみたいな豪胆な生き方は、まだ、おれたち若造には無理だ」

「随分と謙虚なんだな」

「ここはビジターだからな。大人しくしてるさ。それに正直、少し疲れている。眠って、美味いパンを食って、また眠る。そういう時間も悪くないだろう。すてきなバカンスだ」

「夜にはクラバットも食べられるしな」

「それそれ」

ネズミが指を鳴らす。

「ネクタイを摸《も》した菓子なんて、初めてお目にかかる。あんたのママの手作りだ。さぞかし、美味いだろうな」

「一度食べると病みつきになる。毎夜、夢に出てくるぞ」

「お菓子の家を見つけたヘンゼルとグレーテルの心境だな。〝楽しみと厄介事はいつも対でやってくる〟ってやつだ」

「誰かの格言か」

「今、思い付いた。覚えておくといい。あんたの行く末を照らしてくれるぜ」

目の前にコーヒーが置かれた。

「さぁ、めしあがれ。少し濃い目のコーヒーにたっぷりのミルクを入れて、陛下好みにしてございます」

「え？　一緒にコーヒーなんて飲んだことなかったのに、ぼくの好みがわかるんだ」

「わかるさ。前にも言っただろう。あんたは、どうしようもないほどわかり易くて、どうにもならないほど難解な男だって」

「きみだってそうじゃないか」

「あんたほど、ややこしくはないさ」

「よく言うな。きみにだけは、ややこしいなんて言われたくない」

「おれのどこが、ややこしいんだよ」

「いちいちあげていたら、明日の朝になる」

「へぇ。じゃあ明日の朝まで付き合うから、じっくり聞かせてもらおうじゃないか」

「ほら、それだ」

　コーヒーを口に含む。

　香ばしさと苦みとまろやかさが、広がった。テーブルの上のロールパンも〝舌が蕩けそうなほど〟美味い。

　心身の核に染みてくる味だ。紛れもない母の味だった。

「すぐに腹を立て、子どもみたいに執拗《しつよう》になるかと思えば、冷静に判断して何物にも拘らない。気分がころころ変わるし、機嫌も分単位で良くなったり悪くなったりする。ややこしいこと、この上ない」

「あーそうですか。そこまで辛辣《しんらつ》に言うわけだ。じゃあおれも遠慮なく言わせてもらうけどな、紫苑」

「どうぞ。ぼくは、いたって真っ当だ」

「ふふん。自分で真っ当なんて言うやつが真っ当だった例《ためし》はないって、な」

「きみは自分を真っ当だと思ってないのか」

「う……まぁそれは……おれは、いつだって真っ当な人間だけど……。ちっ、あんた、切り返しがやけに早くなったな」

　ネズミが口元と目元を歪める。

　そのしかめ面がおかしくて、危うく噴き出しそうになった。

　他愛《たわい》ないやりとり、柔らかな空気、窓から差し込む西日さえ麗しかった。

　過ぎ去った嵐とこれから立ち向かう嵐、その間に存在した珠玉の一時だった。ネズミが残してくれた優しい思い出でもある。

　ネズミは去り、紫苑は留まった。

　絡まり合い重なり合ってきた運命が、二つに分かれ、遠ざかっていく。

今度、交差するのはいつになるのか。

「なあ、紫苑」

力河の顔が迫ってくる。

「おれに力を貸してくれよ」

「力を貸す？」

「そうだ火藍に、おれがどれほど結婚に相応しい男か、それとなく、あくまでそれとなく伝えてもらいたいんだが」

「え？　いや、でもそれは、ちょっと……」

「おれは本気なんだよ。火藍を幸せにする自信があるからこそプロポーズしたいんだ。もちろん、火藍が望むならずっとこの店を続けてくれればいい。そうだ、思い切ってここを改築しよう。もっと店を広げて、ショーウィンドーもつけて、華やかな店にするんだ。住居部分もきれいに直して、部屋数を増やそうじゃないか」

「いや、母はそんなこと望んでいないと思います。今の状況で満足してるんじゃないでしょうか」

力河が頭を抱え込む。

「あぁ火藍、なんて欲のない、清らかな女性なんだ。女神、そのものだ」

「女神って言うにはちょっとぽっちゃりしてる気がするけどな。でも、火藍ママは美人だ。おっさんにはもったいねえよ。それに、一つ教えといてやるが、おっさんの周りにいる女が欲深過ぎるんだぜ。相手の顔が金貨にしか見えない連中ばっかじゃねえかよ。まっ、どっちにしても、火藍ママからすれば、おっさんはオトモダチの一人。髪の毛の先っぽも、結婚相手の対象になってねえよ。はは、さっさと諦めるんだな」

「ガキが、大人の問題に口を出すな」

「はいはい、どうぞ、大人の問題で無駄な足掻きを続けてくださいませ。紫苑、ママの手伝いに行こうぜ。おれ、早く夕食にありつきたいんだ」

「うん」

背後で、力河の悩ましげなため息の音がした。


夕食は楽しかった。

誰もがよく食べ、よくしゃべり、よく笑った。

楽しかった。実に楽しかった。

ネズミがいたなら、と心はふっと空《くう》に迷う。

ネズミがいたなら紫苑の向かい側に座り、火藍の腕前を褒め、イヌカシと力河のやりとりを冷ややかに嗤っていただろう。優雅にフォークやスプーンを使い、出された料理を全てきれいに平らげ、火藍を喜ばしただろう。

ネズミ、今、どこで何をしている。

きみに、もう一年も逢っていない。

三時間後、イヌカシは背負ったリュック一杯にパンを詰めてもらいご機嫌で、力河は消沈した様子で夜の道を帰っていった。

「母さん」

後片付けをしながら、母に話しかける。小麦粉の量を計っていた火藍が首だけを回して、紫苑を見た。

「なあに」

「どうして、今日、イヌカシと力河さんを招待したの」

「え？　まぁそうねえ……特に理由なんてないけど、久しぶりに賑やかに食事をするのも悪くないかなって思ったの。あなた、ずっと忙しくて、ゆっくり食事をする暇もなかったもの」

「気を遣ってくれたんだ」

火藍は息子に身体を向け、微かに首を振った。

「そんなんじゃないわ。ただ……紫苑、気が付いていた？　このごろ、あなた、笑わなくなっていたわよ」

「え？」

「今日みたいに楽しげに笑ったの、久しぶりじゃない」

頰に手をやる。

指先に硬い感触を覚える。

火藍がその指先を見詰めている。

「再建委員会の仕事、大変なんでしょうね」

「うん。まぁ、でも……新しい組織や機能を作っていくわけだし、様々な立場の人たちが集まっているわけだし……、大変なのは覚悟の上だったから」

「楊眠《ようみん》たちと上手くいっていないの」

火藍の顎が上がった。何かに挑もうとするかのように、口調と眼差しが強くなる。

「考え方……随分と異なるんでしょうね。紫苑、あなた、楊眠たちから疎んじられているんじゃないの」

返答に詰まった。

「やはり、そうなのね。楊眠が再建委員会のメンバーに選ばれたと知ったとき、胸騒ぎがしたの」

「母さんは、楊眠さんのことよく知っているの」

火藍の眸に影が走った。

「よく知っているつもりでいたの。莉莉《りり》の伯父さんですもの。この店にもよく来てくれたわ。奥さまと息子さんをNO．６に殺されたと言っていた。わたしが気付きもしなかったNO．６の姿を教えてくれた。助けてもくれた。とても聡明な人よね」

「うん。頭のいい人だ。抵抗運動の組織者でもある。NO．６に抗う人達を束ね、組織した人物だ。楊眠さんたちの活動がNO．６崩壊の引き金の一つになった。委員会のメンバーに選ばれるのは、当然だ」

「当然？　そうなの？　紫苑、楊眠は再建委員に相応しい人材だと本当に思ってる？　わたしは……どうしても、そう思えないの」

「母さん……」

窓ガラスが鳴った。風が出てきたらしい。

この風が雲を追いやり、雨は止《や》むだろう。

明日はたぶん、青空が広がる。

「あの人はNO．６を憎んでいた。何より大切な家族を奪われたんですもの。憎んで当然よね。憎んでいたから、わたしたちのように目をくらまされることもなく、NO．6の真実の姿を見抜けたのよ。NO．6の内側にいながらね」

　火藍は傍らの小麦粉の袋をそっと撫でた。

「憎しみが彼のエネルギーだった。それは、NO．6を崩壊させるには有効だったでしょうね。でも……でも、新しく創造していく力にはならないわ。わたしは、そう感じるのよ、紫苑」

　母の声音は哀調を帯び、胸に染みる。

　憎しみを捨てなければ、あるいは、越えなければ創造はできない。憎悪は再生の力とはなり得ないのだ。

「あの奇病のため、NO．6が混乱の極みに達する少し前……瓦解の兆しがはっきりと見え始めたころ、あの人、わたしのところに来て、いろいろ話をしたわ。そして、言われたの。きみには失望したと、ね」

「楊眠さんが母さんに失望したって？」

「そうよ。紫苑、わたしには知らないことや理解できないことがいっぱいある。知りたいとも理解したいとも思ってこなかったわ。それは、とても恥ずかしいことよね。わたしたち大人が、もう少し利口だったら沙布《さふ》を救えたでしょうに……」

「母さん、話を楊眠さんに戻して」

紫苑は母の嘆きを断ち切るように語勢を強めた。沙布への想いは、底なしの沼だ。どれほど悔いても、詫《わ》びても、尽きることはない。幾千幾万の言葉を連ねても、祈り続けても赦されはしないのだ。

だからせめて、忘れない。

沙布のことを、沙布から託された願いを、息が絶えるその時まで記憶し続ける。

火藍が瞬きし、微かにうなずいた。

「ええ、あの人はわたしに失望したのよ。わたしがあの人を全面的に認めなかったから。あの人は、英雄になろうとしていた。専制国家を倒した英雄になろうとしていたの。なんだか……復讐でも虐げられてきた怒りでもなく……歴史に残る偉大なる英雄になりたいという……何て言うのかしら、欲望？ そんなものに支配されているみたいに感じられたの。楊眠は、世界が変わろうとするとき、犠牲者が出るのは仕方ないと言ったの。人々が血を流して死んでいくことを仕方ないと言ったのよ。千人の犠牲で何万もの人々が救われるのなら、その千人の生命は無駄にはならなかった……、そう言い切ることって、おかしくはない？ 人の生命を数字に置き換えるなんてどこか間違っている。そして、人々の犠牲の上に立つ英雄なんて、やはり、間違っているでしょ」

「……うん」

「紫苑、あなた、楊眠と戦えるの」

戦う？　楊眠さんは、戦いの相手なのか？　敵なのか？

楊眠たちのグループは、暫定的に発足した再建委員会を解散し、新たな組織体系を作るべきだと主張している。その主張が通れば、委員会の中枢は、楊眠の仲間によってほぼ占められるのは明らかだ。多種多様な立場から委員が集い意見を交わす。それこそを重んじようとする委員会の理念から、大きく逸脱することになる。しかし、紫苑たち少数派の意見、異論を、楊眠たちはもはや、聞こうともしなくなった。

何とかしなければ、何とかしなければいけない。

己の正義のみを振りかざし、他者を排斥する。その結末がどうなるのか、NO．6という先例があるではないか。こんなに生々しく疼いているというのに、なぜ、同じ道を行こうとするのか。

何とかしなければ……。

「紫苑、あなた、とても痩《や》せたわ」

火藍の眼差しと物言いが母親のそれに変わった。ただ、我が子だけを案じ、その幸せだけを願う、愚かで、深く、純粋で、利己的な愛が滲み出る。

「苦しいなら再建委員会なんて辞めればいいんじゃない。他にも生きていく術なんていくらでもあるわ。ほら、あなた、いつか言ってたでしょ。子どもたちを相手の仕事がしたいって。探してみたらどうかしら」

「いや……」

紫苑はゆっくりとかぶりを振った。

「まだ、やらなきゃいけないことが残っている」

「でも……」

「母さん、逃げるなと言われたんだ。ここに留まり、成し遂げるべき仕事がある。それに背を向けるわけにはいかないと言われた。その言葉に背きたくないんだ」

誰にと、火藍は尋ねなかった。黙したまま、息子を見上げている。

風が強くなる。

窓ガラスが忙《せわ》しく音を立てる。

火藍が密《ひそ》やかにため息を吐《つ》いた。

「あなたがあなたの父親みたいに気儘に生きられる人だったら、もう少し楽だったでしょうにね」

「あぁ、そうか。それで、急に父さんの話をしてくれたのか」

何も背負い込まず、厄介な荷物をさっさと下ろし、全てから背を向ける。そんな生き方もある。

おまえの父親はそんな生き方を選んだのだ。

母は現実と格闘する息子に、父親の真実を伝えた。

でも、駄目だ。ぼくは父さんのように生きられない。

紫苑……逃げるな。

ネズミの言葉がぼくを支えている。

ネズミは逃げなかった。運命からも現実からも決して退かなかった。ぼくはその傍らにいたんだ。

そして、沙布たちから想いを託された。

逃げるわけにはいかない。

裏切るわけにはいかない。

誰のためでもない。ぼくがぼくであるために、戦わなければならないんだ。

屈みこみ、母の頬にキスをする。

「もう眠るよ。お休み、母さん」

火藍の指が紫苑の白髪を軽く撫でた。

「お休みなさい」

無理やり微笑もうとしたのか、母の口元が僅かに歪んだ。

ベッドの上に小さなネズミが丸まっていた。

「ツキヨ」

名前を呼ぶと頭を上げ、小さく鳴いた。鼻先にパンとチーズの欠片を置いてやる。ツキヨは髭の先を二度三度動かしただけで、パンにもチーズにも口をつけようとしなかった。

指の先で背中をこすると、気持ち良さそうに目を閉じる。

ハムレット、クラバット、ツキヨ。

ネズミの飼っていた三匹の小ネズミの内、このツキヨだけが紫苑のもとに留まった。知性と知能を持った小さな生き物だ。おそらく、森の民と共に森の奥深く生きていた野ネズミの末裔《まつえい》だろう。

ただのネズミではないから、人と同じぐらいの時間を生きる。勝手にそう思い込んでいた。それが、このところ老い、徐々に衰えている。

ハツカネズミの寿命は普通、一年半から二年ほどだ。ペットとして飼われたハムスターでも三年程度だろう。

ツキヨはゆっくりと終末に向かっているのだ。

「ツキヨ、がんばれ。おまえの主人がここに帰ってくるまで、生きているんだ」

指の腹でそっとさする。

チチッ。

ツキヨは満足気に鳴いて、目を閉じた。


「これは何だ？」

楊眠の眉間に皺が刻まれる。

かつて『月の雫《しずく》』と呼ばれた旧市庁、今は再建委員会の本部になっている建物の一階だった。

小会議室の一つで、紫苑と楊眠はテーブルを挟んで向かい合っていた。紫苑が呼び出した。テーブルの上にはシート型のコンピューターが広げられている。その画面にちらりと視線を落とし、楊眠は眉間の皺を深くしたのだ。

「あなたが、旧NO.６の資産を流用した証拠です」

です」

「あなたはずっと、今でもですが、旧NO．６の莫大《ばくだい》な資産管理のポストについていた。その立場を利用し、かなりの金額をあなた個人のものにしていた。つまり、横領です」

「は？　何だと？」

「馬鹿馬鹿しい」

楊眠がせせら笑う。

「おれは忙しいんだ。おぼっちゃんの茶番に付き合う暇はない」

「茶番？　そうですか。NO．６の資産は暫《しばら》くの間、ほとんど野放しの状態だった。管理機能が働いていなかったのです。その間に、資産の約三分の一が消えている。特に金塊は、ほぼ六〇パーセントが失われています」

「それが、おれのせいだと？」

「そうです」

「ふざけるな。おれは確かに資産管理の責任者だ。しかし、あの混乱の中で金塊の守《も》り番《ばん》までやれるか。そんなところまで、責任を取る必要はないだろう」

「金塊は盗まれたんじゃありません。誰かに計画的に運び出されたんです。そうでなければ、なぜ、四割分だけが残っているのか説明できない。強盗なら、全てを持ち去るでしょう。それに、金塊は地下金庫の最奥部にあった。どれほど混乱していても、あの場所から何トンもの金塊を誰の目にもとまらず運び出すなんて、プロの盗賊集団でも至難でしょう。いや、とうてい不可能だ。楊眠さん、もう一度言います。金塊は盗まれたんじゃない。誰かに計画的に運び出されたんだ」

「その、誰かがおれだというわけか」

「あなたしか、考えられない」

楊眠が顎を引き、薄ら笑いを浮かべた。

「おれを泥棒呼ばわりする気か。これはまた、とんでもない言い掛かりだな。いいかげんにしないと、名誉棄損で訴えるぞ」

「あなたはグループの勢力の拡大と維持のために、巨額の資金が必要だった。そのために、NO．6の資産に手をつけたのでしょう。一番、手っ取り早いやり方だ」

「おい、本気で言い掛かりをつけるつもりか」

「このデータは」

紫苑はテーブルに向かって、顎をしゃくる。

「あなたが、委員会の名で貨物機を使用した際の申請書と許可書のコピーです。どちらにも、直筆であなたのサインがある。この貨物機はNO．4までの往復に使われています。そして、こちらが」

指で画面を撫でると別のデータが現れた。楊眠は瞬きもせずに、数字の羅列を凝視している。

「NO．４の銀行から入手したあなたの個人資産のリストだ。実に莫大なものですね。一国の王並みだ。これは全て金塊を資産化したものと考えてさしつかえないでしょう。数字的にはぴたりと当てはまる。他にも」

指を動かす。

「これは、あなたがグループ内のメンバーに配分した特別手当の金額です。これもまた相当なものだ。旧NO．６の幹部でさえ、こんなに貰ってはいなかったはずです」

「……おれたちのメンバーは、命懸けでNO．６と戦ったんだ。これくらいの報奨は当然だ……」

「それは委員会が決めること。あなた一人の裁量に委《ゆだ》ねられたものじゃない。命懸けで戦った者は、他にも大勢いる。命を失った者もまた、大勢いるんです。楊眠さん」

紫苑は立ち上がり、コンピューターを丸めた。

「あなたは、公的資産を着服し、独断で報奨金をばらまき、私腹を肥やした。これは、明らかな反逆罪です。全ての人民への裏切りだ」

ドアが突然に開く。

二人の男が入ってきた。

楊眠のグループのナンバー2と3に位置する男たちだ。二人とも三十代半ばで、茶褐色の髪をしていた。

「楊眠、あんた、たいへんなことをしでかしてくれたな」

「ほんとうだ。我々の知らないところで、こんな悪に手を染めていたなんて信じられん。恥を知れ」

「知らないだと？　馬鹿な、おまえたちだって全て承知の上で」

楊眠が息を飲みこみ、唇を噛む。顔面がみるみる青ざめていった。

「紫苑、おれを陥れたな」

紫苑は無言のまま、蒼白《そうはく》な顔を見詰める。視線を僅かも外さない。

「……おまえは危険だとうすうす察してはいたんだ。まだ若造だと舐めていたのが失敗だったな」

「人生に失敗はつきものですよ、楊眠さん。あなたの場合、命取りになりましたが」

指を鳴らす。

隣室に繋がるドアがスライドし、やはり男が二人、入ってきた。二人とも見上げるほどの巨軀《きょく》だった。

「おれをどうするつもりだ。公開処刑にでもするのか」

「まさか。あなたは、NO．6滅亡の功労者だ。そんな無慈悲な真似はしない。委員会の判断のもとに、慰労金と公的年金をあなたが死ぬまでお渡しします。ただし、NO．4にあるあなたの私財は全て押収します。むろん、再建委員会メンバーを罷免し、全ての資格を剝奪する。その上で、あなたの住居と行動に制限を加えさせていただく。こちらの指定する場所から許可なく移動することを、いかなる理由があろうとも禁止します」

「従わなければ」

「あなたの安全は保証できない」

「ふふ、体《てい》のいい軟禁か。現代版、島流しか。おれが勝手に行動したという理由のもと、頭を撃ち抜かれたとしても誰もおまえを咎めない、咎められないってわけだ」

巨軀の男たちが楊眠の後ろに立つ。その男たちを押しのけるようにして、楊眠はドアまで歩いた。そこで、止まり、振り向く。

「紫苑、おまえは突出した支配者になれる。おれやあの市長など、足元にも及ばないような、な。おまえは必ず、全てを支配し、全てを手中に納めようとするだろうよ。

冷酷で優秀な支配者として君臨するんだ」

哄笑が響く。乾いた笑い声が室内にこだました。

「そのとき、火藍はどんな眼でおまえを見るんだろうな。怪物に変わった息子をどんな眼で眺めるんだ」

男の一人が楊眠の肩に手を置いた。それを振り払い、楊眠は廊下へと出ていく。

ドアが閉まる。

「最後まで悪態をつくなんて」

「まったく往生際の悪いやつだ」

ナンバー2と3は、顔を見合わせ、芝居じみた動作で肩をすぼめた。それから同時に、紫苑に向き直る。

「紫苑、わたしたちも騙《だま》されていた。公金横領なんて、想像もしていなかったんだ」

「そうでしょうか？　データの中には多額の報奨金を受け取った相手として、お二人の名前も明記してありましたが」

顔色を変えた二人に向かい紫苑は穏やかに笑んだ。

「けれど、その部分はぼくが消去しました。お二人が協力してくださったからこそ、楊眠さんの罪を暴くことができた。感謝しています」

「じゃあ、わたしたちは……」

「ぼく自身としては、何一つ咎める気はありません」

二人に向かって、手を伸ばす。

「どうか、これからもこのNO．6のために、ご尽力ください。力を一つにしなければ、この難局は乗り切れない。お二人の力が必要なんです。よろしくお願いします」

男たちの頰が上気する。

二人は紫苑の手を強く握り、深くうなずく。

「では、午後からの会議でまた、お会いしましょう。そこで事の顚末を詳しく報告するつもりです。補佐をよろしく」

「ああ、ちゃんと証言する。きみの迅速な対応と見事な判断への敬意も表そう。きみは実にすばらしい次世代のリーダーだ」

「光栄です。でも、そんな大仰な称賛は少し面映《おもは》ゆいですね」

「謙遜《けんそん》しなくていい。不正の証《あかし》となるデータをこれだけ詳細に用意するなんて、誰にでもできることじゃない。あの楊眠がほとんど抵抗できなかったんだからな」

「彼は我々を少し甘く見ていたんでしょう。自分が委員会のトップになれば、データの改竄《かいざん》などいくらでもできると思っていた。だからこそ、一日も早く、トップに上り詰めようとした。その焦りが、あちこちに綻びを作ったんです」

「なるほど、いや、見事なもんだ」

「そう実に鮮やかだった。さぁ、我々も引き上げ、自分たちの仕事をしよう。それでは紫苑、また後ほど」

「ええ」

二人が並んで出ていく。

紫苑は一人になる。

「詳細なデータか」

コンピューターを広げ、その上に手をかざす。

画面が崩れ、数字も文字も消えていく。

証拠のデータなどどこにもありはしない。いや、存在はするだろう。しかし、それを入手する手立ても時間も、紫苑は持っていなかった。

ないなら、作ればいい。

楊眠が己の罪を認めざるをえないデータを作ればいいのだ。容易《たやす》くはないけれど、さほど困難でもなかった。

うまくいった。

とりあえずこれで、目の前の障害を一つ、取り除くことができた。
障害を取り除き、駆逐し、破滅させ、どうしようというのか。
紫苑は、窓の外に目をやる。
ぼくは、何をしようとしているんだ。
この世界にNO．6とは異なる、人間のための国家を生み出す。
誰も殺さず、誰も殺されない国を創る。
ほんとうに、そんなことができるのだろうか。
楊眠の哄笑が耳奥で弾けた。
ぼくは……どうなるんだ。
カタッカタッ。
風の音を聞いた。
いや、風ではなく、誰かが窓を叩《たた》いたのでは。
ネズミ！
紫苑は窓辺に走り寄り、大きく開け放った。
風が前髪をなぶる。
誰もいない。

ただ風が吹き過ぎただけだ。

紫苑は床にしゃがみこみ、両手で顔を覆った。

ネズミ……なぜ、帰ってこない。なぜ、ぼくの傍らにいない。

ぼくがぼくであることを、ぼく自身であり続けられることを、きみの眸の中に見出《みいだ》したい。それだけが、ぼくのよすがだ。

ネズミ、きみに逢いたい。

涙は出なかった。

呻きが唇の間から漏れる。自分のものとは思えない獣じみた呻きだった。

アラームが鳴る。鳴り続ける。

紫苑は立ち上がり、インターフォンのボタンを押した。

「紫苑委員、今日の会議に提出する、NO．6の新たな方針原案についてご指示を仰ぎたいのですが」

若い男の声が密やかに流れてきた。

「了解。すぐに第三会議室に向かう」

「よろしくお願いします。紫苑委員」

男の声音が昂《たかぶ》りを伝える。

「いよいよですね。これから、旧勢力を一掃して、ぼくたちの理想国家に着手できる。これから始まるんですよね」

紫苑は一息つき、若い男の名を呼んだ。

「トーリ。軽はずみな言動は抑えるように。ぼくたちの間に旧勢力も新勢力も存在しない。それぞれの叡智《えいち》を寄せ合って、少しずつ前に進む、それしかないんだ」

「あ……はい。申し訳ありません」

「いや、謝る必要はないけれど」

盗聴の危険性ぐらい考慮すべきだ、トーリ。

インターフォンを切り、もう一度、息を吐いた。

振り返り、窓の外を見やる。

碧空が広がっていた。

窓を閉め、紫苑はどこまでも碧《あお》い空へ背を向けた。

ネズミの日々

雲が太陽を覆う。

日が翳《かげ》ると急に冷え込んできた。

日中の暑気が幻だったかのように、空気が熱を失っていく。

荒野には灌木の茂みが点在しているが喬木《きょうぼく》は一本もなく、高所に立てば地平の彼方《かなた》まで見通せるはずだ。

赤茶けた大地が剝き出しになり、角のある大岩があちこちに転がっている。荒らぶれた不毛の地そのものに思えた。しかし、灌木の茂みの幾つかはその内側に清冽《せいれつ》な湧《ゆう》水《すい》の泉を抱えていた。そういう茂みは、他のものより緑が濃く、赤い実をつけた果樹が目立つ。赤ん坊のこぶし大の果実は硬く、食用には適さないが鮮やかな色合いは大地の赤茶にも灌木の緑にもよく映えて、美しい。

ネズミは泉のほとりにしゃがみ、両手で水をすくった。

美味い。

乾いた大地を旅してきた者にとって、この水はまさに甘露、命の蘇生を促す。

「おい、おまえたちも一息、吐《つ》くか」

上着のポケットから小ネズミが二匹顔を出す。ネズミの脚を伝って地に下りると、泉には見向きもせず赤い実に飛びついた。

人には硬過ぎる果皮も齧歯類《げっしるい》の門歯にかかれば何程のこともないらしい。小ネズミたちは、カリカリと小気味いい音をたて、瞬く間に果実を一つたいらげた。

薄茶色の毛をした小ネズミ――紫苑がハムレットと名付けたやつだ――が顔を上げ、問うように首を傾げる。

「いや、おれにはその実は無理だな。とても食えない。心配してくれなくていい。食い物はたっぷりある」

主人の言葉を解したのか、ハムレットは再び実を齧《かじ》り始めた。

ネズミはもう一口水をすすり、顔を洗う。衣服を脱ぎ棄《す》てると、泉に身を浸した。湯浴《ゆあ》みとはいかないが、水の冷たさがかえって心地よく感じられる。泉は思いの外深く、潜れば、底の砂地から水の湧き出る様子が確認できた。

小魚が数匹、藻の陰で泳ぎ回っている。水の流れのままに揺らいでいる藻の動きが優雅な舞踏を連想させた。

地上とは別の世界がここにある。

「水の中って、いつも平和なんだろうか」

あれはいつだったか、紫苑が視線を空に彷徨わせ、ぽつりと呟いたことがある。

西ブロックのあの部屋でのことだった。

明け方だった。そう、三日間降り続いた雨が止み、肌を刺す寒気が西ブロック一帯を覆った夜がようやく、白み始めたころだ。

前日、日が落ちて間もなく、力河が珍しくネズミの住み処を訪れた。

「紫苑、おまえに食べさせたくて持ってきてやったんだ」

寒気と吹《ふ》き荒《すさ》ぶ風を押してやってきた力河は、「おまえに食べさせたくて」の部分にやけに力を込め、紫苑に紙袋を渡した。

中を覗き、紫苑が歓声をあげる。

「うわっ、すごい。白いパンに肉だ」

「新鮮な野菜とワインもある。あ、チーズもだ。どうだ、ちょっとしたご馳走だろう」

「晩餐会が開けますよ。力河さん、これをぼくたちにくださるんですか」

力河は唇をすぼめて、首を横に振った。

「ぼくたちにじゃない。ぼくにだ。そこのところを間違えるな。紫苑、いいな、おまえが食べるんだ。生意気で狡猾《こうかつ》な役者なんぞに分け与えることはない」

「みんなで食べます」

紫苑が満面の笑みを浮かべる。

「明日、子どもたちと絵本の読み聞かせの約束をしているんです。具のたっぷり入ったスープでも作って振る舞います。豪華なランチになる」

力河の表情が歪んだ。背中が痒《かゆ》くてたまらないのに、どうにも手が届かない。そんな表情だ。ネズミは読んでいた本の陰で笑いを噛み殺した。

「なんだイヴ、何がおかしい」

「いや、別に。笑ったつもりはないけど。まぁ強いて言えば、おっさんの顔がやけに可愛《かわい》かったんで、つい、笑みを誘われたってとこかな」

本を閉じ、立ち上がる。紫苑が差しだした袋を覗き込み、口笛を高く鳴らしてみる。

「これはこれは、なかなかの貢ぎ物だ。あるところにはあるもんだな。さすが、闇商人の力河先生だ」

「誰が闇商人だって。おれは、れっきとした実業家だぞ」

「NO．6の高官に女を斡旋《あっせん》して、大金をふんだくる実業家か。実に有益で清廉な仕事だ。頭が下がる」

力河が歯を剝き、渋面を作る。

「紫苑、いいな。この肉と野菜でスープを作ろうが、オブジェにしようがおまえの勝手だが、こいつにだけは一口も食わすな。匂いも嗅がせるな」

しかし、紫苑は聞いていなかった。眸を輝かせて袋の中身をテーブルに並べている。

「ネズミの作ったスープは一級品なんです」

じゃが芋、玉葱《たまねぎ》、キャベツ、人参《にんじん》。どれも瑞々《みずみず》しい。

小ネズミたちが積み上げられた本の上で忙しげに鳴いた。

「調味料なんかほとんど使わないのに、すごく美味くて、これだけの食材があればとびっきりのスープができる。みんながどれほど喜ぶか。力河さん、ありがとうございます」

「え……いや、だからな、紫苑。おれはおまえのために、わざわざ」

「食事の前に力河さんに感謝を捧《ささ》げます。おざなりな儀式じゃなくて、誰もが、本気で感謝の言葉を口にするはずです。な、ネズミ」

「もちろん。『慈悲深い魂に心からの感謝と祝福を。あなたの崇高な魂が誰からも傷付けられることがないように、わたしは祈り続けます』とな」

無垢《むく》な乙女《おとめ》の声音を使う。力河は無垢なもの、純粋なもの、清澄なものに弱い。己の堕落を自覚しているからなのか、単なる好みなのか、つい惹かれてしまうのだ。初心《うぶ》な乙女でも街角の娼婦《しょうふ》でも高貴な夫人でも一途な青年でも、抜け目のない商人であっても老いた哲学者であっても、相手の望む者になれる。束の間でしかないが、声だけで求める幻の姿を見せてやれる。

力河が今、自分に重ねて穢《けが》れのない少女の面輪《おもわ》を見たのは確かだ。眼は心に繋がっている。そこにあるものをあるがままに見るのではなく、見たいと望むものを捉えてしまうのだ。そして、見たくないものを捉えようとはしない。

「くそっ。まったく、三文役者が手練手管を使いやがって。イヴ、おれをあんまり舐めるなよ」

「おっさんを好きなように操ろうなんて気色の悪いこと、考えたこともないね」

肩を竦《すく》める。

狐《きつね》野郎め。まったくもって不快なやつだ。

紫苑、毒されないうちにおれのところに越してきたらどうなんだ。

イヴ、今のうちに悔い改めておかないと、いつか、泣きをみるぞ。

そうだ、今度はバターを持ってきてやる。紫苑に、な。それに果物もな。その狐野郎に横取りされないよう気をつけろ。

あれこれ言い連ねながら、力河は帰っていった。

「ったく、どこまでも煩《うるさ》い男だ。土産だけ置いて、とっとと帰ればいいものを。典型的な野暮《やぼ》の見本だな」

「親切じゃないか。こんな豪華な物をわざわざ、届けてくれたんだ。悪口なんて言ったら罰が当たる」

「ふふん。NO．6の高官がおっさんの斡旋した女を気に入ったんだろう。いい女を用意したご褒美にあの都市内に溢れている品物を、たっぷりと手に入れたわけさ」

「でも、それを独り占めしないで分けてくれた。何の見返りもなく、だ。それって、やはり尊いことだ」

「尊い？　本気で言ってるのか」

「違うのか」

片頬だけで薄く笑ってみる。

紫苑の無邪気さが疎ましくもあり、おかしくもある。この無邪気さも、この真っ直ぐさも、自分には無縁だ。衣服の余計な飾りのように、どれほどの意味もない。

力河は後ろめたかったのだ。

西ブロックの女をNO．6の男に売る。そして、幾ばくかの金を手にする。自分の行為を恥じていた。それは力河がまだ、人としての心根を腐敗させていない証ではあるのだが、弱さの裏返しでもあった。

紫苑に手に入れた品の一部を譲ることで、後ろめたさから、己の弱さから目を背けたい。紫苑の屈託のない笑顔や歓喜に触れることで、少しでも楽になりたいと望んだ。それだけのことだ。それだけのことが紫苑には見抜けない。

どうしてこうも容易く他人《ひと》を信じてしまうのか。信じられるのか。信じ続けられるのか。ほとんど謎《なぞ》だ。

「ネズミ？」

紫苑が訝しげに瞬きする。

「何を考えている」

「別に何も……あぁ、ワインは子どもたちには無理だな。おれたちで頂こうぜ」

「だな。じゃあチーズとパンも少し。じゃが芋も茹《ゆ》でようか」

「いいね。至福の一夜になりそうだ。前言を撤回する。慈悲深い力河さんに本気で感謝を捧げよう」

「現金だな」

「融通無碍《ゆうずうむげ》なのさ。じゃあ、おれがじゃが芋を茹でてやろう」

「ネズミ、器がマグカップしかないけど」

「上等だ」

「マグカップでワインを飲むのか」

「嫌なら遠慮してくれ。おれが全部、頂く」

「冗談じゃない。ちゃんと二等分するさ」

パンとチーズと茹でたじゃが芋をつまみながら、ワインを注ぎ合う。ラベルによると、ワインは最西端の都市NO．3から輸入されたもので、かなりの高級品だった。酸味の底から仄かに甘みが立ち上ってくる。美味だ。

気が付くと、二人でボトル一本を空にしていた。

「あんた、結構、飲める口だったんだな」

「見直したか」

赤らんだ顔で紫苑が得意げに笑う。

「見直しはしないけれど、意外だった。あんたが酒飲みだなんて思わなかったから」

「生まれて初めての酒なんだ」

「え？」

「生まれて初めて酒を飲んだ。こんなに美味いなんて知らなかったなぁ」

「え？　おい、紫苑、大丈夫か。あんた、ボトル半分は軽く飲んでるんだぞ。かなり酔っぱらってんじゃないのか」

「うーん、問題ないけど。なんだか気分がよくて、細かいことでぐじぐじ悩むのが馬鹿馬鹿しくなった」

「どんな細かいことで、ぐじぐじ悩んでいたんだ」

「あー、何だったろうなぁ。思い出せないや。思い出せないぐらい些細《ささい》なことだったんだ。どーでもいいことだったんだな。はは、悩みばんざい、ワインばんざい」

「紫苑……あんた、かなり酔ってるぞ」

「酔ってるさ。酒を飲んだんだもの。酔って当たり前じゃないか。それとも、ぼくが酔っちゃあいけない理由でもあるのか」

紫苑が身を乗り出し、鼻の先が触れるほど顔を近づけてきた。

「紫苑……まさか、あんた絡み酒じゃないよな」

「絡む？　誰に？　きみにか？」

「ここには小ネズミの他は、あんたとおれしかいないからな」

ふいに紫苑が立ち上がり、腰に手を当てた。

「『ここには小ネズミの他は、あんたとおれしかいないからな』ははは、どうだ、そっくりだろう」

「誰に？」

「きみに」

「まったく似てないけど」

「嘘つけ。絶対にそっくりだ」

紫苑はネズミに向かって指を突き出し、くるりと一度回した。

「ぼくは目覚めたんだ。ぼくには物真似《ものまね》の才能がある。もしかしたら、物真似の天才かもしれない。いや、きっと天才だ。天からすごい才能を与えられたんだ。『ここには小ネズミの他は、あんたとおれしかいないからな』はは、やっぱりそっくりじゃないか」

「……おれの物真似をして、楽しいか」

「楽しい」

紫苑はしゃがみ込むとまた、鼻先を近づけてきた。

「最高に、楽しい。きみといると何もかもが楽しくてたまらない。どうして、こんなに楽しいんだろうな」

顔をずらし、顎を引くと、ネズミは赤ん坊をあやす母親のように、優しく微笑もうとした。頬の辺りが強張って、上手く笑えなかった。

「そうか、それはよかったな。めでたいことだ。けど、あんた、イヌカシのところの犬に随分と感化されたんじゃないか。おれたちは人間だぞ。鼻を擦《こす》り合わさなくても意思の疎通はできるだろう」

「『おれたちは人間だぞ。鼻を擦り合わさなくても意思の疎通はできるだろう』へへ、どうだ。これもそっくりだろう。けど、ネズミ、人ってのは、そう簡単に意思の疎通なんてできないんだ。理解したくても理解できないことのほうが、ちゃんと理解できることよりるっと多い。百倍も千倍も多い。そういうもんら」

「紫苑……あんた、だんだんろれつが回らなくなってきてるぞ」

「その点、犬はいいろなぁ。鼻をくっつけてフンフン匂いを嗅ぐだけで相手のことがわかるんだ。で、ぺろぺろ舐め合ったりするんら」

「おれの顔を舐めたりするなよ」

「舐めないさ。噛みるくかもしれないけらぉ」

「バカ、いいかげんにしろよ。この酔っ払いが。もういいから、さっさと寝ろ。明日の朝、二日酔いで唸《うな》っても知らないからな。だいたい、あんた幾つだよ。十六にもなって酒の飲み方も知らないなんて……紫苑？　おい、紫苑、どうした」

紫苑がもたれかかってくる。

小さな寝息が聞こえた。

「おい、冗談じゃない。こんなところで寝るな。ベッドまで運んでなんかやらないぞ」

身体をずらす。紫苑もずれて、そのまま床に転がった。寝息はかわらない。規則正しく、続いている。

「ったく。くだを巻くだけ巻いた後にあっさりお寝んねだって？　何なんだ、この典型的な酔っ払い方は」

チチチッ。

チーズを齧っていたクラバットが、顔を上げヒゲの先を動かす。

しかたないですねぇ。

そう言っているようだ。ため息を一つ吐いたようにも見える。

堪え切れなかった。

噴き出してしまう。

ネズミは紫苑の傍らで一人、笑い続けた。


ふっと目覚めた。

明け方だと気が付いたのは、部屋の空気がさらに冷え込んでいたからだ。東の空が微かに白むころ、冷え込みは最も厳しくなる。病人や老人や飢えた子どもたち、体力の衰えた者が息を引き取るのもこの時間が一番多い。

朝が訪れる。夜が去る。その間隙《かんげき》を突いて、死は人をさらっていくのだ。それでもと、ネズミは考える。

それでも、死の使いとしては、凍てつく空気や飢えのほうが優しい。無慈悲な暴力より、ずっと優しい。

ずくり。

背中の傷痕が疼く。

無慈悲で、無慈悲だからこそ凶暴な炎がこの背を焼いた。家族を呑み込み、全てを灰にした。

ずくり、ずくり。

疼きが背筋を這い上る。

起き上がり、呼吸を整える。死さえ呼び込む凍てつきを深く吸い、吐き出す。気道を滑り落ちる冷気は生きている証だ。生きて温かいからこそ、この冷たさを感じる。

生きている者は温かい。

それを教えてくれたのが紫苑だった。

生き続けるとは、傍らにいる誰かの温《ぬく》もりを感じること、傍らの誰かに温もりを伝えること。そう教えてくれた。

髪をかき上げ、もう一度深く、息を吸い吐く。

ネズミにとって生き続けるとは復讐でしかなかった。自分が生き延び、生き続けることそのものがNO.6への復讐となる。そしていつか、そう遠くないいつか、生き延び生き続けた自分がNO.6に止《とど》めを刺す。

それだけを思ってきた。他のことなどどうでもよかった。NO.6への憎悪と嫌悪は募りはしても、いささかも減じはしない。しかし、揺らぎはする。

己の中にあるものは、復讐心だけではない。まるで異なるものが、NO.6にまったく関わりなく存在するなにかがあるのだ。

そのなにかが何なのか、ネズミ自身、掴めない。

だから、揺れる。

ＮＯ．６への復讐を果たしたとき、この身の内はがらんどうになるのか、満たされたままなのか、強固な核が残っているのかと、揺れる。

揺れれば迷う。迷えばそれが隙《すき》になる。

ネズミは背中に手を回した。

疼きはだいぶ和らいだ。間もなく消えてしまうだろう。

「う……ん」

紫苑が寝返りをうつ。

昨夜、ベッドまで引き摺ってきた。紫苑は、それから寝息以外はほとんど物音を立てず眠っていたのだ。

「あんたは、ほんとうに」

紫苑の寝顔に呟く。

「厄介で面倒で……どうしようもないな」

紫苑がまた、身体の向きを変える。

瞼が動き、ゆっくりと持ち上がる。ストーブの埋《うず》み火《び》の他に光源はない。ほとんど漆黒に近い闇の中で、紫苑の横顔と髪が微かに白く浮かぶ。

「ネズミ……何か言ったか」

目覚めたばかりなのに、この闇の暗さなのに、紫苑の視力はネズミを正確に捉え、耳は声を感じたらしい。

「朝の挨拶《あいさつ》さ。おはようございます、皇帝陛下。ご気分はいかがでございます、ってな」

「気分は……そんなに悪くない」

「へぇ。二日酔いじゃないんだ。あんた、酒飲みの素地があるな。下手したら、おっさんみたいになっちまうぞ。せいぜい、用心するんだな」

「ワインは二日酔いしないんだ。原料が果物だから、人に優しい」

「ほんとかよ」

「うん。そんな話を誰かに聞いたような気がするけど、気がするだけかもしれない」

「なんだか、いいかげんだな」

「ぼくは、けっこういいかげんなんだ。このごろ、やっとわかった」

「自分を発見したわけだ。そりゃあ、おめでたい」

軽くからかってみる。口先だけのからかいだ。

紫苑はいつも、丁寧に懸命に一途に自分自身を探っていく。自分の内にあるものと対峙《たいじ》しようとする。

それは、感嘆にも称賛にも値するではないか。

自分から逃げないことがどれほど困難であるか、ネズミは骨の髄まで知っていた。

厄介で面倒でどうしようもないやつに畏怖《いふ》の念さえ覚えてしまう。

紫苑が上半身を起こし、視線を空に彷徨わせた。

「ネズミ」

「うん？」

「水の中って、いつも平和なんだろうか」

「は？」

「水の中。海でも川でも湖でも、その中は平和なのかな」

「なに言ってるんだ？　夢でも見たのか」

「うん、見た。久しぶりに鮮やかな夢だった。ワインのせいかな」

「ワイン色の夢だったのか」

「いや……泳いでいるんだ。水の底をずっと。息がちゃんとできて、どこまでも泳いでいけた」

紫苑が身じろぎし、小さく息を吐く。

「それで？」

「それだけ。ただ、泳いでいるだけなんだ。すごく静かで美しくて、幸せな気分になれた。あぁ平和だな、ここには戦いも侵略もないんだって思えて……」

「そんなこと、あるわけないだろう」

闇の中で薄く笑ってみる。

ほんとにおめでたいな、あんたって人は。

「水の中だって、戦いはあるさ。弱肉強食の世界なのは地上とかわりない。あんた、生態学を専攻してたんだろう」

「専攻予定だったんだ」

「どっちでもいい。生態学ってのは生物と環境の相互作用に関する学問じゃないのか。捕食者と被食者の関係は水中にも存在するって、習わなかったのか」

紫苑がかぶりを振った。

「わかっている。水の中に楽園があるなんて思っていない。ただ、そこに人間はいないなって……だから」

「だから？」

「無意味な戦いは起こらない。殺すために殺すような、おぞましい殺戮《さつりく》は決して起こらないはずだ」

「そういうことを考えながら、泳いでいたわけか」

「そうなんだ。とても……美しかった。水底は白い砂地で、それがどこまでも続いている。ところどころに翡翠《ひすい》のような翠緑色の石が転がっていて、どういう具合なのか時折、きらきら輝くんだ。ぼくはそれを拾おうと一旦《いったん》は手を伸ばしたけれど、止めた」

「なぜ？」

「その石があんまりきれいだったから、触れるのが怖かった。触れてしまったら、この世界が崩れるような気がして……」

「あんた、そこまでロマンチストだったのか。まるで初々しい処女《おとめ》のような科白だぞ」

　紫苑が身じろぎする。

「うん、自分でもちょっと恥ずかしい。けど、本当にそんな気がしたんだから仕方ないだろ。だけど今は後悔してる。どうせ目が覚めるんだったら、拾っとけばよかったかな」

　また、笑い出しそうになる。

感情の抑制が少し甘くなっているのだろうか。

「もう一度眠ればいい。同じ夢を見られるかもしれない。そうしたら、今度は心置きなく石でも金でも拾えるさ」

「そうだな。なぁネズミ」

「うん？」

「NO．6を脱出したときも泳いだな。あのときは、無我夢中で何を感じる余裕もなかったけれど」

「汚水の中だぜ。あんたの夢とは大違いじゃないか」

「でも、ぼくは……この西ブロックで、美しい物を幾つも……見たんだ。それは……事実で……」

寝息が聞こえ始めた。

紫苑の温かさが伝わってくる。この温かさがあれば、真冬の日々も凍えずに過ごせるだろう。

ばかな、何を考えているんだ。

一人で生きられぬ者、一人で運命に立ち向かえない者は、生き残れない。それが、西ブロックの理《ことわり》だ。

温もりなどいらない。

ネズミは起き上がると汲《く》み置《お》きの水をカップに一杯、一息に飲み干した。冷え切った水が体内を滑り落ちていく。

紫苑が何かを呟いた。

「ちゃんと拾えたか」

声をかけてみる。返事はない。風の音が重く響いてきただけだった。


ふいに藻が揺れた。

さっきまでの緩やかな動きではなく、疾風になぶられる細木のように、ざわりと蠢《うごめ》いたのだ。

不穏な動きだった。

藻の茂みから飛び出した銀色の魚が、ネズミの眼間《まなかい》を過《よぎ》っていく。一瞬のことだったが、小魚の半分を呑み込んでいたのは見て取れた。

捕食するものと餌になるものと。食うものと食われるものと。

水の中もまた、数多《あまた》の死が存在している。

ほんの束の間、乱れただけで藻の茂みは元通りの静けさに返り、小魚たちも何事もなかったかのように泳ぎ回っている。

水底に青い石を見つけた。

躊躇《ためら》わず拾ってみる。

輝いてもいないし、美しくもない。ごつごつしたただの石ころだ。

ごぼりと口から息が漏れた。俄《にわか》に苦しくなる。夢でもない限り、人は素のままそう長く水中には留まれない。

ネズミは水を掻いて、水面に向かった。

日差しが戻ったのか水が白く発光して見えた。そこに黒い影が斜めに差し込んでいる。倒木の影だった。朽ちた木が根元付近から折れ、水の中に倒れ込んでいるのだ。その枝に手を掛け、身体を持ち上げる。耳の横を水が流れ、髪が首に肩にへばりつく。大きく息が吐けた。空気が胸に満ちる。

倒木は僅かな部分でまだ根元と繋がっていた。そのせいなのか、葉は瑞々しく枝は枯れることなく四方に伸びていた。幹にまたがり、もう一度息を吸ってみる。これほどの大きさの木が生えていたとは意外だった。ささやかなオアシスは、実に様々な宝を隠し持っている。

視界の隅で何かが動いた。

放り投げていた荷物のあたりだ。

人らしい。

ギギギッ。

チヂヂッ。

小ネズミたちの声が険しくなる。不審な人影に向かって、歯をむき出して威嚇しているのだ。

「いたっ。やめろ、いたたた」

悲鳴がおこった。男のものだ。

「くそっ、なんだこいつらは。向こうへ行け。どこかへ行っちまえ。やめろ、噛み付くなって。くそっ、丸焼きにして食っちまうぞ。いたっ、うわっ、耳朶《みみたぶ》を」

小ネズミたちは本格的に攻撃を開始したらしい。男の悲鳴がさらにけたたましくなる。

「いてててっ。くそっ、馬鹿野郎」

罵詈《ばり》を残して男が逃げ去ろうとする。腕を回し、小ネズミを振り払った。その手はネズミの荷物をしっかりと摑んでいた。

ネズミは倒木の上に立ち、手の中の石を握り直した。

「おい、盗っ人」

男が飛び上がるように身体を回した。

その顔めがけ、真っ直ぐに石を投げつける。と、同時に水に飛び込んだ。岸辺に向かって泳ぐ。

男は手で顔を覆い、草地の上にしゃがみこんでいた。指の間から血が滴っている。

手早く服を着たネズミの肩に、ハムレットとクラバットが駆け上がってきた。

訴えるように、激しく鳴き合う。

「あぁ、わかった、わかった。ご苦労だったな二匹とも」

指先で頭を撫でてやると、クラバットはポケットの中に、ハムレットは濡れた髪の間に潜り込んだ。

「うぅ……、痛い。めっ、目が潰れた。助けてくれ」

男は血に汚れた手を空に差し出し、はたはたと振る。

「狙《ねら》ったのは額の真ん中だ。おれのコントロールは抜群さ。狙った場所を外したことはない。しかも、手加減してやったんだぜ」

男が片手で額を押さえたまま、ネズミを見上げる。

「手加減だと」

「そうさ。小石を額にめり込ませてもよかった。盗っ人に情けをかけてやったんだ。ありがたく思うんだな」

男の手が離れる。額の真ん中から血が噴き出し流れていた。

「これで手加減したと?」

「もちろん。頭蓋骨にも脳にも異常はないだろう。ただちょっと、肉が割れただけのことさ。盗みの罰としては軽過ぎる」

「そりゃあどうも。病院で脳波検査を受けてみるよ。うっ、それにしても痛い。じんじんする」

男は唸りながら顔を洗う。それから、肩に掛けていた頭陀袋《ずだぶくろ》から大小のビンを取り出した。中には様々な色の液体が入っている。男は器用な手つきで液体を混ぜ合わせると、薄紫になったやや粘り気のある液を布に浸し、傷口に塗り付けた。

「ふむ、これでよし。明日の朝には傷も塞がる」

そのまま布を額に巻き付け、男はにやりと笑った。日に焼け、深い皺が目元にも口元にも刻まれているし、ぼさぼさに伸びた髪には白い毛が目立つ。が、声音と目の光は生き生きとして瑞々しささえ感じさせた。

年齢不詳。若いのか老いているのか摑めない男だ。若くても老いていても、盗っ人であることにかわりはないが。

「それにしても、きみ」

ビンを袋にしまうと笑顔のまま、男が話しかけてきた。生徒に向学の志を説く教師を連想させる。そんな口調だった。

「よくよく見れば、たいそうな美人じゃないか。いかんなぁ、きみのような美人が真っ裸で水浴びなんかしちゃあ。このあたりは、物騒だぞ。流れ者、ならず者の巣窟《そうくつ》みたいなところだ。そんなところで一糸まとわず泳ぎ回るなんて、かわいい子羊が狼《おおかみ》の群れの中に迷い込んだようなものだ。少し不用心に過ぎるねえ」

「それはどうも……まさか、盗っ人から説教されるとは思わなかったな。まさに、盗っ人猛々《たけだけ》しいを地でいってるぜ、おっさん」

「おっさん？　わたしがか？」

「おれじゃないことだけは確かだな。おれは、おっさんでもなければ盗っ人でもない」

男が瞬きする。

二度、三度、四度。瞬きが止まると、唐突に笑い出した。

「あはははは、こりゃあ愉快だ。あはははは、まったく愉快だ。その顔でえらい毒舌じゃないか。あははははは。いや、何とも楽しい子だな。あはははははは、あは……」

男の笑い声が止んだ。

ネズミがナイフを喉元に突き付けたのだ。

「耳障りな声だ。少し……いや、永久に黙ってもらおうか」

背後から耳元にささやく。このささやきがナイフを喉元に突き付けられた者にとってどれほどの恐怖となるか、恐怖が自由を奪うことにどれほど有効か百も承知だ。

男が身体をぶるりと震わせた。

「あ……いや、まっ待ってくれ。ナイフなど使わなくても、黙るから。いや、ほんとに、悪かった。気分を害したなら謝る、謝る」

ネズミは身体を引き、ナイフを仕舞った。男が喉元を押さえ、唇を動かす。その唇から長い吐息が零れた。

「いやいや、顔に似合わず短気なんだな。もう少し優雅な性格かと思ったんだがね」

「優雅な相手になら、優雅にも振る舞うし礼儀も重んじる。あんたは盗っ人だ。他人の荷物を盗もうとした。優雅な挨拶を受けるよりナイフで喉を裂かれるほうが、ずっと相応しい」

「殺《や》ったことがあるのかね」

男が上目遣いに、ネズミの表情を窺う。

「そのナイフで人を殺した経験があるのか、お若いの」

「盗っ人の質問に答える義務はないな」

「あ、誤解しないでくれ。わたしは別にきみの荷物を盗もうとしたわけじゃない」

無表情のまま男を見下ろす。

「本当なんだ。信じてくれ。その証拠にほら」

男は頭陀袋に手を突っ込むと次々と品物を取り出した。薬の小ビン数種類、干し肉の袋、水筒、パンの包み、チーズの塊、岩塩、小さなポーチ。男はそのポーチを開けてネズミに見せる。金貨がぎっしりと詰まっていた。

「な、言っちゃあ悪いがきみより、ずっと物持ちだろ。きみの荷物を狙う必要なんて、まったくないんだ。そこのところ、理解してもらいたいんだが」

「理解できないね」

ネズミは右肩だけを軽く竦めてみせた。

「おっさんがどれほど物持ちだろうが、おれの荷物を無断で持ち去ろうとした。それは、事実だ。あの行為は盗み以外のなにものでもない」

「なるほど、確かにそう思われてもしかたないな。この傷は」

　男がそっと額を撫でる。

「カインの刻印ってわけだ。額にこんな傷はできる、ネズミには噛みつかれると、散々な目にあった。もう十分償いはしたと、そういうことにしてくれんかな」

「随分と都合のいい解釈だな」

　ネズミは荷物を肩にかけ、薄く笑ってみる。急に馬鹿馬鹿しくなった。間もなく日が沈む。今夜のねぐらを探さなければならない。これ以上、饒舌《じょうぜつ》な盗っ人に関わっている時間はない。

「おや、行くのか？」

　男が立ち上がる。ひょろりと背が高い。ごわごわした白い上下を着こみ、薄汚れた革のサンダルを履いている。

「行くさ。盗っ人とおしゃべりする趣味はないんでな」

「だから盗っ人なんかじゃない。ただ、ちょっと調べたかっただけだ」

「調べる？」

「そう、調べたかった。きみがどこから来たかをね」

「そんなことを知ってどうする」

　男がすっと背筋を伸ばした。

「いや、もしかしたら……もしかしたらだが、NO．６から来たんじゃないかと……思ったもので」

NO．６。

ここで、その名を聞くとは予想していなかった。

NO．６。

理想郷と呼ばれた虚構の都市、人類の叡智と希望の象徴であったはずのものは、いつの間にか巨大な怪物へと姿を変えていた。己の醜悪さに、おぞましさに耐えかねて自壊するかのように崩れていった都市だ。

ネズミ、ぼくはここできみを待つ。待ち続ける。

紫苑の声が耳底にこだまする。

「おぉ、やっぱりそうか。きみは、あの都市から来たんだな」

男が飛び上がり、ネズミの手を握ろうとする。

「触るな」

差し出された腕をはらう。さほど強く力を入れたつもりはなかったが、男はよろめいて泉に片足をつっこんだ。

「そんなに、邪険にしないでくれ。きみがNO．６の住人なら、聞きたいことが山ほどあるんだ」

「こっちには話すことなど砂粒ほどもない。それに、おれはNO．6の市民なんかじゃない」

「しかし、NO．6のことを知っているんだろう。あの都市が崩壊したってのは、本当なのか」

男の顔つきが俄に張り詰める。眦《まなじり》がつり上がり、ひくひくと震えた。

「うわさは、あちこちで耳にする。けれど、だれも本当のことを知らないんだ。しかし、きみなら知っているんじゃないか。荷物の中に真空パックに入った携帯食とLEDの超軽量発電機があった。あれはNO．6のものだろう？」

旅立つ前日、紫苑と火藍は、ネズミの荷に思い思いの品物を詰め込んでくれた。火藍は息子を見送る母の顔で、紫苑は押し黙ったまま。

あっ、本当に別れるんだな。

唇を固く結び、不機嫌にさえ見える紫苑の横顔を眺めたとき、ネズミは生々しく別れを実感した。

明日、ここを去る。

紫苑は留まり、おれは去る。

四年前、奇跡のように繋がり合った二つの生は分かれ、それぞれの道へと歩んでいく。紫苑と共に生きたのは、半年にも満たない月日だった。それまでの日々に比べても、これからの年月と比較しても僅かな時間にすぎない。僅かな、しかし、濃密な時間だった。

この先、あんなに濃く細やかな時を誰かと過ごすことがあるのだろうか。

かぶりを振る。

NO．6は瓦解した。ネズミは想いを遂げたのだ。

それでいい。

紫苑はすでに過去の者だ。記憶の中で消えることなく残りはするが、ネズミの今に関わる者ではない。

割り切る。

割り切らなければ前に進めない。過去に囚われていては、今を生きられない。もういいのだ。過去を引きずることも、背負い続けることも、もういい。もう嫌だ。

「なぁ、きみ、答えてくれよ」

男の口調に哀願が混ざる。

「うわさは聞く。さまざまなうわさをな。NO．6が滅んだとも、いやそれは根も葉もない戯言《たわごと》で、あの都市は変わらず存在し、繁栄しているとも聞くんだ。どれが虚でどれが実なのか、判断できない」

「自分の目で確かめればすむことだろう」

男が顎を引き、喉の奥で唸った。

「……そうは言っても、NO．6は遥《はる》か遠方の地じゃないか」

「半年も歩けば着く。近いもんさ」

「半年……気の遠くなるほどの時間だな」

男は身体が萎《しぼ》むほどの長い息を吐き出す。

「おっさんだって流れ者だろう。まさか、荒野に定住しているわけじゃあるまい」

男の唇がめくれた。意外なほど白い歯がのぞく。物言いからも声音からも、さっきの哀れな調子は消えていた。

「さぁどうかな。ここも住みついてみると、案外に快適な場所かもしれんよ」

六つの都市とその周辺部以外、人が長期に生存できる土地は、もはや地球上にはない。

ずっとそう言われ続けてきた。

少しでも生きるに適した場所を土地を条件を求め、人々は六大都市を創りあげたのだ。そこからはみ出した者は死ぬか、都市の外部に張り付き辛うじて生き延びるしかない。

しかし、荒野を流れてみて、そこが人の生を阻む荒廃した不毛の地だけではないことを、ネズミは実感していた。

老女と彷徨っていたときより、緑が豊かになり、オアシスが増え、川や草原や湿地帯さえ散見できるようになっている。

地上の環境は唐突に、急速に、回復しようとしているのではないか。それが地球の底力なのか、一時的な気紛れなのか、ネズミには見当がつかない。おそらく、見当がつく者などいないはずだ。

ただ、思う。

地球も人間もしたたかだと。

人は水のほとりに集まり、小さな集落を造りつつあった。水を引き田畑を耕し、種を蒔《ま》き、家畜を飼い、子を産み、育てようとしている。まだ、過酷な条件下ではあるが六大都市とは別に、人の営みの場が生まれ始めているのだ。

紫苑、この世界は動いている。常に動き、形を変える。あんたの眼はその変化を捉えているか。耳は変化の胎動を聞き取っているか。

遥か遠く、新生の都市で困難な戦いを続けているだろう紫苑に、語りかける。

「そうだ、どうだね、お若い方。今晩は、わたしの家に泊まらないか。非礼の詫びに一晩の宿を提供する、そこで、ゆっくりと話を聞かせてくれないか。苫屋《とまや》ではあるが、ベッドと風呂がある。この辺りじゃ、まぁ上等な部類だよ」

「断る」

「なぜ。温かな寝床と風呂だぞ」

「大理石の風呂を用意されても、嫌だね。盗っ人の宿などに足を踏み入れたくない」

「だから、盗っ人じゃなくNO．６の」

男が口をつぐんだ。

馬のいななきと、人の足音がはっきりと聞こえたのだ。馬も人も複数いる。空気が俄に不穏の色を帯びる。

「しまった。追いかけてきたか」

男の顔から血の気が引いた。逃げようとして足をもつれさせ、尻《しり》もちをつく。

「うおっ、いたぞ。見つけた」

灌木の茂みを掻き分け、三人の男が現れた。三人とも巨軀だ。一人は褐色の、二人は赤らんだ白い肌をしていた。

「見つけたぞ。このペテン師野郎。覚悟しろ。ただじゃおかない」

褐色の男が太い腕を持ち上げる。猛った獣の迫力があった。

「何が万能薬だ。ただの色水じゃねえか。ふざけやがって」

「半殺しにしろ」

「ぶっ殺してしまえ」

白い肌の男二人が、一時《いちどき》に吼えた。一人は灰色の髪を馬の尻尾のように結わえ、一人はきれいに剃《そ》りあげている。

「おれたちを騙して金を巻き上げた。殺されたってしょうがねえな」

「まっ、待て、待ってくれ。騙したなんて誤解だ。その薬は本当に万能薬なんだ。きっ、きみたちは調合の仕方を間違えて」

「うるせえ。まだ口から出まかせを言いやがるか」

「二度としゃべれねえように、その口を引き裂いて、舌を引き抜いてやれ。ついでに奥歯を二、三本へし折っちまえ」

「ひえええ、ぼっ、暴力じゃなくて冷静に話し合おう。金はちゃんと返すから」

「金だと？」

褐色がにやりと笑う。舞台ならうってつけの悪党面だ。

「そりゃあ返してもらうさ。おまえを始末してからゆっくりとな」

「ひえええ、助けてくれ。おっ、お若いの、助けて」

男の視線が縋ってくる。

「うん？　なんだ。てめえ、このペテン師の仲間か」

馬の尻尾が目を剝いて、ネズミを睨んできた。

「まさか。ただの行きずりさ。じゃあな」

ネズミは男たちに背を向けた。

厄介事に関わり合うのはごめんだ。盗っ人がらみの悶着《もんちゃく》などさらにごめんだ。

「おっ、おい。待ってくれ。見捨てないでくれ」

「うるせえ」

背後で肉を打つ音がした。人の転がる音も聞こえた。

「やっ、止めて……助けてくれ。頼む」

「ペテン師のくせに、往生際が悪いぞ、シオン」

足が止まった。

「シオンだって？」

振り向く。

口の端から血を滴らせた男が這い寄ってきた。ネズミの脚にすがり、助けてくれと繰り返す。

「あんた……シオンって名前なのか」

「そっ、そう名乗ってはいるが……」

「本名じゃないんだ」

「息子の名前だ。しっ、紫苑の花みたいに愛らしい赤ん坊だ」

「息子の名前？」

まさか、まさかな。

「おい、若造」

馬の尻尾が大股《おおまた》で近づいてくる。

「ただの行きずりなんだろうが。その男をこっちに渡して、とっとと消えちまいな。そうしないと」

「そうしないと、どうなる？」

馬の尻尾は指を鳴らし、妙に歪んだ笑顔を作った。

「おまえもいっしょに、この荒野に埋められるってことになる」

「それは、ごめんこうむりたい。土の中はあまり好きじゃないんだ」

「おい、兄ちゃん」

褐色が同じように歪んで、卑猥《ひわい》な笑みを浮かべた。

「よく見ると、えらい別嬪《べっぴん》じゃねえか。埋めるのは惜しいな。どうだ、おれたちの相手をするか。楽しませてやるぜ」

「よく見ないとわからなかったのか。おまえたち、顔だけじゃなくて視力も相当悪いらしいな」

「なんだと」

荷物を置き、小さくため息を吐いてみる。

結局、こうなるわけだ。紫苑、あんたの名前はいつだって、おれを揉《も》め事《ごと》に巻き込むんだ。少しは自覚してるのか？

「てめえ、おれたちに逆らうつもりか」

「不本意ではあるんだが、な」

「ふふん。まぁいい。ちっと痛い目にあわせて、大人しくさせてやる。ペテン師を始末したあと、ゆっくり楽しませてもらおうか」

「おい、顔は殴るなよ。こいつ、高く売れるぞ」

「わかってるさ。へへ、めっけもんだな」

褐色が舌の先で唇を舐めた。それから、こぶしを握り、踏みこんでくる。暴力にも諍《いさか》いにも慣れた者の滑らかな動きだった。

一歩退き、口笛を吹く。

髪の間からハムレットが飛び出し、褐色の顔に飛びつく。

「うわっ、なっ何だ」

褐色がハムレットを摑むより早く、ネズミの膝がその腹にめり込んだ。ほとんど声もたてず、褐色の巨体が地面に転がる。転がった巨体を跳び越え、馬の尻尾の眼前に立つ。

「こっ、この野郎」

大きく目を見開き、馬の尻尾が殴りかかってきた。間合いは見切っている。一撃を避け、懐に飛び込むと、喉元に手刀を叩き込む。馬の尻尾は大きくのけぞり、仰向《あおむ》けに倒れた。やはり、声をあげることすらできなかった。

「てめえ」

最後の一人、剃り上げが短刀を取り出す。ダガーナイフだ。

「ぶっ殺してやる」

剃り上げの動きは二人に比べ、やや鈍い。ネズミは身体を回し背後に回ると、腕を首に回し強く締め上げた。

ダガーナイフが足元に落ちる。泉に向かって蹴《け》ると、澄んだ水音が響いた。

「ナイフってのは、闇雲に振り回すもんじゃない。もう少し、鍛錬するんだな」

さらに締め上げる。剃り上げの身体から力が抜けた。腕を離すと、くぐもった呻きをあげ、膝から崩れていった。

ハムレットが肩に駆け上がり、小さく鳴く。

拍手が起こった。

「これはお見事。まるで、舞台を見ているようだ。いや、すごい、すごい。お見事だ。あっ、何をする」

ネズミは頭陀袋から金貨の入ったポーチを摑むと、褐色の手に握らせた。褐色が低く唸り、僅かに顔を上げる。

「悪かったな。この男のやったことをこの金で帳消しにしてくれないか。頼む」

褐色が瞬きする。微かにうなずいたようだ。

「おっおい、それはちょっと渡し過ぎだ。わたしの金貨だぞ」

「これで、後腐れは残らない。それとも、この男たちにしつこく付け狙われるほうを選ぶつもりか。言っとくけど、こういう手合いは執念深いぜ」

男は肩を竦め、再び拍手をする。

「なるほど、いや、やはりお見事な後始末だ。おそれいったね」

「あんたNO．6の市民だったのか」

男の手が止まった。饒舌と拍手が止むと、静寂が耳に染みる。

「答えろ。あの都市の住人だったのか」

「……そうだ。随分と昔に、おさらばしたけれどね」

「なぜ」

「なぜ？　そうだな。あの都市が虚構だったからだよ、お若いの。虚構だから必ず綻びがくる。綻びを繕おうとして、NO．6はさらに管理的に、さらに支配的になっていくだろう。その息苦しさに耐える自信がなかったんだ」

なるほど、この男はNO．6の正体と行く末を看破していたのか。

「それで一人、都市を脱出したわけか。花のように愛らしい息子を置いて」

「妻を説得できなかったんだ。彼女は、わたしといっしょにNO．6を出ることを拒んだ。わたしを信用しきれなかったらしい」

「それは、明察だ。あんたみたいないいかげんな男についていけば、今ごろはとっくに骨になっていただろうよ」

「まったく、毒舌だな、きみは。なっ、それでどうなんだ。ほんとうにNO．６は崩壊したのか。いや、崩壊したんだろう。虚構の世界がいつまでも、現実の中に存在するわけがない。基から崩れていった……そうだな」

「だとしたら、どうするつもりだ」

「帰る」

「帰る？　NO．６にか。遥かに遠いぞ」

「なに、半年も歩けば着くさ。何ほどのこともない。そうだろ」

「昔捨てた息子や妻に逢いたくなったわけか。随分と勝手な話だ」

「いや……それだけじゃない」

男はしばらく黙り、意を決したように顔をあげた。

「きみには恩がある。命を助けられた。だから教えよう。ほら、こっちに来てくれ」

男はネズミを茂みの外に誘った。そこには三頭の馬が繋がれ、草を食《は》んでいた。褐色たちの馬だ。

「ここなら、誰にも聞かれない。ほら、これを」

男はシャツの下から袋を取り出した。紐で首に掛けていたらしい。袋の布も紐も古ぼけて、すっかり色あせていた。

「これは……」

中には灌木の実をさらに一回り小さくしたほどの、石が入っていた。

確かめるまでもない。これは……。

「これは……金の原鉱か」

「そうだ。いいか、NO．6の周辺には金鉱があるんだ。どのくらいの広さかはっきりとはわからんが、相当量の金脈が存在するとわたしは思っている」

「まさか」

「本当だよ。若いころ、わたしが発見した。こう見えても地質学者だったんでね。NO．6周辺の地層は全て調べた。その調査の中で発見したんだ」

「それを報告せずに握りつぶした」

「そうさ。どうして報告の必要がある。NO．6に金による繁栄をもたらすことはない。百害あって一利なしだ」

「確かに」

あの都市が金鉱によって、さらなる富を手に入れていたら、どうなったのか。ネズミは軽い悪寒を覚えた。

「金鉱はまだ発見されていないはずだ。そんなうわさは一度も耳にしないからな。NO．6は崩壊した。それなら、今、あの場所は混乱の只中《ただなか》にある。つまり、自由に出入りできるってことだ。誰にも咎められず、堂々と金を掘り出すことも可能だ」

「ちょっと待てよ。その金鉱ってのはどこにあるんだ」

「北から南に向けての一帯だ。一部はかつて、マオの地と呼ばれた地域にまで広がっている。地上への露出はいっさいない。地下深く、金は眠っているわけだ。さらに」

男は焦らすつもりか、声を潜め、ぼそぼそと呟く。

「これはまだ断言できないが……NO．6の真下にはレアメタルがたっぷり眠っている可能性もある。ニッケル、ガリウム、ジルコニウム、ニオブ、インジウム……これ以上詳しくは言えないが、どうだ、すてきな話だろう」

悪寒が少し強くなる。

「……夢物語として聞くのには、すてきだ。あんた、そうやって舌先三寸で他人を騙してきたんだろう。ペテン師としてな」

「わたしはペテン師じゃない。待つ者さ」

「待つ者？」

「そう、待っていたんだ。NO．6の崩壊を、ね。やっとその時が来たようだ。早速に帰国の準備を始めよう。な、きみもいっしょに来ないか。きみなら最高の相棒になれる。わたしといっしょにNO．6に帰り、巨万の富を手に入れようじゃないか」

男の双眸《そうぼう》は、気味悪いほどぬめぬめと輝いていた。生き生きと明るく先を照らす光ではなく、奥底から微かに発光して獲物を誘い込む。そんな眸だ。

この男。

ネズミは知らず知らず奥歯を嚙みしめていた。

この男、狂っているわけでも、おれをたぶらかそうとしているわけでもない。真実を語っているんだ。少なくとも、この男にとっての真実を。

「あんた、巨万の富を手に入れてどうするつもりだ。優雅な老後を送りたいのか」

違う。この男が望んでいるのは、そんなものじゃない。

「買うんだよ」

「買う？　何を？」

「NO．6を」

一瞬、声も息も詰まった。

ただ、まじまじと男を見詰めるしかできなかった。

「NO．6を買う？　それは、どういう意味だ」

男は金の原鉱を袋にしまうと、にこやかな表情を作った。

「きみ、これからこの世界を支配しようと思うなら、必要なのは軍隊でも戒律でも、徹底的な管理体制でもない。富、さ。富こそが、最大にして最強の武器だ。NO．6はそこを誤った。愚かな支配者を頂いたのが、あの都市の不運だったんだろうな」

「あんたは富の力で、NO．6の支配者になるつもりなのか」

「どうかな」

男がひょいと首を傾げる。

「運命なんて、どう転がるかわからん。わたしは野心家じゃないのでね。別に皇帝や支配者になりたいと願っているわけでもなし」

「じゃあ、なぜ」

「おもしろいじゃないか。この手で人々の人生を引っ掻き回す。愉快なことだ、とてもね。これほどの楽しいゲームはないよ」

「な……」

さらに、男を凝視する。

紫苑には似ていない。

紫苑は、決して他人の生を戯れの対象にはしなかった。玩《もてあそ》びはしなかった。

「NO.6は、あの都市は再生の道をやっと歩み出した。新しい都市国家を創り上げようとしている。あんたは、それを気紛れに引っ掻き回そうというのか」

「再生？　新しい？　ありえんな。誰がどんな風に関わっても、国家は国家。いずれは、支配体制を強め、人々をその管理下におこうとする。国家の正体とはそういうものだ。それは人類の歴史が証明している。いくら外側の衣を替えたってNO.6はNO.6。何も変わらんさ。違うとすれば中枢に立つ人物、事実上のNO.6の支配者が愚かか知恵者か、それだけさ。愚かなら露骨に、知恵者なら巧妙に支配体制を確立していく。愚か者ならいずれは自壊もしていくが、なまじ知恵者なら、じわりじわりと己の手の内にNO.6の全てを摑みこんでしまう。本当に恐ろしいのは、そういうやつだろう。で？」

「……え」

「聖都市の再生に関わっている者は、どんなやつだ。きみの目から見て、愚かかね、知恵者かね」

ネズミはゆっくりとかぶりを振った。頸《くび》の付け根が鈍く痛んだ。

「とても聡明だ。確かな知性をもっている。あんたの言うような支配者になるとは、とうてい思えない」

「ほぉ、随分と評価が高いな。その男を……男なんだろ？　その男をよく知っているわけか」

ある意味では、誰よりも深く知っていた。ある意味では、ほとんど何も知らない。

「そして、信じているわけだな」

信じている。紫苑を信じられなければ、この世界に信じるべきものは何一つなくなる。

信じている。しかし、おれはあいつを恐れてもいたじゃないか。

黙り込んだネズミを見やり、男が一歩前に出る。

「どうだ。わたしといっしょに行かないか。レアメタルはともかく、金鉱は確かな話なんだぞ」

ネズミは男から、きっちり一歩分、退く。

「遠慮する。おれはおれの行きたい方向に流れる」

「そうか……残念だな」

男は本当に残念そうに口元を歪めた。

「しかたないな。では、わたしはもう行こう。この馬を一頭、借りて行くかな。あれだけの金貨を渡したんだ。馬ぐらいもらっても文句はないだろう」

葦毛《あしげ》の馬の手綱に手を掛け、男が振り向く。

「最後に一言。きみ、人間は変わるよ。きみの信じるその男だって変わるのさ。国家の中枢に立てば、人は必ず変わるのだ。変わらなければ破滅する。覚えておくといい」

ネズミはベルトに下げたナイフに触れてみる。

もしかしたら、今、ここでこの男を始末すれば……、始末すれば紫苑を害する芽を一つ、摘み取ることになるかもしれない。

指先が疼く。

ネズミは疼く指先を握り込んだ。

きみがぼくのために他者を苛むことを、まして殺すことをぼくは許さない。

ネズミ、殺すな。ぼくのために罪を犯すな。

紫苑が腕を押さえる。必死に訴える。

ネズミ、殺すな。

そうだよな。あんたは、そう言うよな。必ずそう言って、おれを止める。あんたはいつだって甘ちゃんでお人好《ひとよ》しだ。

紫苑……。

「じゃあ、縁があったらどこかでまた、逢おう」

男は馬に飛び乗ると、横腹を強く蹴った。葦毛の馬はいななき、駆け出す。土埃の向こうに男と馬が消えていく。

風が吹き、灌木を揺らす。

雲が空を覆い、地上は夜の暗さをまとう。

紫苑。

僅かに雲が割れた。紫紺の空が現れる。

そこに一つ、小さな星が瞬いた。

この空の彼方に、NO.6がある。

ネズミは風になぶられるまま、ただ一心に瞬く星を見上げていた。

著者からのメッセージ

この物語を読んで下さった全てのみなさん、心から感謝致します。

NO．6という物語は、既に終了しました。ですから、このbeyondは紫苑とネズミ、二人の少年のその後を書くつもりでした。最初は。

でも書き上げてみると、彼らのその後の道筋はあまりに過酷で、あまりに急峻なものとなる。そんな予感に包まれてしまいました。

この先、彼らは再び出逢えるのか。再会を約束したネズミの言葉は守られるのか。敵として相対することはないのか。

答えはわたしにも摑めていません。

息を整え、力を溜めて、彼らの行く末を見定めてみたいと思います。それがいつかまた、一つの物語としてみなさんのお手元に届きますように。

ここまで、NO.6に寄り添い、支え続けてくださったみなさん、本当にありがとうございました。

あさのあつこ

〔二〇一五年一〇月〕

本書は、二〇一二年十一月、小社より刊行された単行本に加筆・訂正したものです。

|著者|あさのあつこ　岡山県生まれ。1997年、『バッテリー』で第35回野間児童文芸賞、『バッテリー２』で日本児童文学者協会賞、『バッテリー』全６巻で第54回小学館児童出版文化賞を受賞。主な著書には「テレパシー少女『蘭』事件ノート」シリーズ、「NO.６」シリーズ、「白兎」シリーズ、「さいとう市立さいとう高校野球部」シリーズ、「弥勒」シリーズ、「ランナー」シリーズ、「X-01　エックスゼロワン」シリーズ、『待ってる　橘屋草子』などがある。

NO.6 beyond〔ナンバーシックス・ビヨンド〕
あさのあつこ

2015年11月13日第１刷発行
2025年４月２日第10刷発行

講談社文庫
定価はカバーに表示してあります

発行者──篠木和久
発行所──株式会社　講談社
東京都文京区音羽2-12-21　〒112-8001
電話　出版（03）5395-3510
　　　販売（03）5395-5817
　　　業務（03）5395-3615
Printed in Japan

デザイン─菊地信義
本文データ制作─講談社デジタル製作
印刷───株式会社KPSプロダクツ
製本───株式会社国宝社

ISBN978-4-06-293238-7

講談社文庫刊行の辞

二十一世紀の到来を目睫に望みながら、われわれはいま、人類史上かつて例を見ない巨大な転換期をむかえようとしている。

世界も、日本も、激動の予兆に対する期待とおののきを内に蔵して、未知の時代に歩み入ろうとしている。このときにあたり、創業の人野間清治の「ナショナル・エデュケイター」への志を現代に甦らせようと意図して、われわれはここに古今の文芸作品はいうまでもなく、ひろく人文・社会・自然の諸科学から東西の名著を網羅する、新しい綜合文庫の発刊を決意した。

激動の転換期はまた断絶の時代である。われわれは戦後二十五年間の出版文化のありかたへの深い反省をこめて、この断絶の時代にあえて人間的な持続を求めようとする。いたずらに浮薄な商業主義のあだ花を追い求めることなく、長期にわたって良書に生命をあたえようとつとめるところにしか、今後の出版文化の真の繁栄はあり得ないと信じるからである。

同時にわれわれはこの綜合文庫の刊行を通じて、人文・社会・自然の諸科学が、結局人間の学にほかならないことを立証しようと願っている。かつて知識とは、「汝自身を知る」ことにつきていた。現代社会の瑣末な情報の氾濫のなかから、力強い知識の源泉を掘り起し、技術文明のただなかに、生きた人間の姿を復活させること。それこそわれわれの切なる希求である。

われわれは権威に盲従せず、俗流に媚びることなく、渾然一体となって日本の「草の根」をかたちづくる若く新しい世代の人々に、心をこめてこの新しい綜合文庫をおくり届けたい。それは知識の泉であるとともに感受性のふるさとであり、もっとも有機的に組織され、社会に開かれた万人のための大学をめざしている。大方の支援と協力を衷心より切望してやまない。

一九七一年七月

野間省一

我孫子武丸　探偵映画
我孫子武丸　新装版 8の殺人
我孫子武丸　眠り姫とバンパイア
我孫子武丸　狼と兎のゲーム
我孫子武丸　新装版 殺戮にいたる病
我孫子武丸　修羅の家
有栖川有栖　ロシア紅茶の謎
有栖川有栖　スウェーデン館の謎
有栖川有栖　ブラジル蝶の謎
有栖川有栖　英国庭園の謎
有栖川有栖　ペルシャ猫の謎
有栖川有栖　幻想運河
有栖川有栖　マレー鉄道の謎
有栖川有栖　スイス時計の謎
有栖川有栖　モロッコ水晶の謎
有栖川有栖　インド倶楽部の謎
有栖川有栖　カナダ金貨の謎
有栖川有栖　新装版 マジックミラー
有栖川有栖　新装版 46番目の密室

有栖川有栖　虹果て村の秘密
有栖川有栖　闇の喇《らっ》叭《ぱ》
有栖川有栖　真夜中の探偵
有栖川有栖　論理爆弾
有栖川有栖　名探偵傑作短篇集 火村英生篇
浅田次郎　勇気凜凜ルリの色
浅田次郎　霞町物語
浅田次郎　ひとは情熱がなければ生きていけない〈勇気凜凜ルリの色〉
浅田次郎　シェエラザード(上)(下)
浅田次郎　歩兵の本領
浅田次郎　蒼穹の昴 全四巻
浅田次郎　珍妃の井戸
浅田次郎　中原の虹 全四巻
浅田次郎　マンチュリアン・リポート
浅田次郎　天《てん》子《し》蒙《もう》塵《じん》 全四巻
浅田次郎　天国までの百マイル
浅田次郎　地《メ》下《ト》鉄《ロ》に乗って〈新装版〉
浅田次郎　おもかげ
浅田次郎　日輪の遺産〈新装版〉

青木玉　小石川の家
天樹征丸 画・さとうふみや　金田一少年の事件簿 小説版〈オペラ座館・新たなる殺人〉
天樹征丸 画・さとうふみや　金田一少年の事件簿 小説版〈雷《いかずち》祭《まつり》殺人事件〉
阿部和重　アメリカの夜
阿部和重　グランド・フィナーレ
阿部和重　A B C〈阿部和重初期作品集〉
阿部和重　ミステリアスセッティング
阿部和重　IP/NN 阿部和重傑作集
阿部和重　シンセミア(上)(下)
阿部和重　ピストルズ(上)(下)
阿部和重　アメリカの夜 インディヴィジュアル・プロジェクション〈阿部和重初期代表作Ⅰ〉
阿部和重　無情の世界 ニッポニアニッポン〈阿部和重初期代表作Ⅱ〉
甘糟りり子　産む、産まない、産めない
甘糟りり子　産まなくても、産めなくても
甘糟りり子　私、産まなくていいですか
赤井三尋　翳《かげ》りゆく夏
あさのあつこ　NO.6〔ナンバーシックス〕#1
あさのあつこ　NO.6〔ナンバーシックス〕#2
あさのあつこ　NO.6〔ナンバーシックス〕#3

天野純希　雑賀《さいか》のいくさ姫《ひめ》
青木祐子　コーチ！〈はげまし屋・立花ことりのクライアントファイル〉
秋保《あきう》水菓《すいか》　コンビニなしでは生きられない
相沢沙呼　m《メ》e《デ》d《ィ》i《ウ》u《ム》m　霊媒探偵城塚翡翠
相沢沙呼　i《イ》n《ン》v《ヴ》e《ア》r《ー》t《ト》　城塚翡翠倒叙集
新井見枝香　本屋の新井
碧野　圭　凛として弓を引く
碧野　圭　凛として弓を引く〈青雲篇〉
碧野　圭　凛として弓を引く〈初陣篇〉
赤松利市　東京棄民
赤松利市　風致の島
五木寛之　ソフィアの秋
五木寛之　狼のブルース
五木寛之　海峡物語
五木寛之　風花のひと
五木寛之　鳥の歌(上)(下)
五木寛之　燃える秋
五木寛之　真夜中の望遠鏡〈流されゆく日々'78〉
五木寛之　ナホトカ青春航路〈流されゆく日々'79〉

五木寛之　旅の幻燈
五木寛之　他力
五木寛之　こころの天気図
五木寛之　新装版　恋歌
五木寛之　百寺巡礼　第一巻　奈良
五木寛之　百寺巡礼　第二巻　北陸
五木寛之　百寺巡礼　第三巻　京都Ⅰ
五木寛之　百寺巡礼　第四巻　滋賀・東海
五木寛之　百寺巡礼　第五巻　関東・信州
五木寛之　百寺巡礼　第六巻　関西
五木寛之　百寺巡礼　第七巻　東北
五木寛之　百寺巡礼　第八巻　山陰・山陽
五木寛之　百寺巡礼　第九巻　京都Ⅱ
五木寛之　百寺巡礼　第十巻　四国・九州
五木寛之　海外版　百寺巡礼　インド1
五木寛之　海外版　百寺巡礼　インド2
五木寛之　海外版　百寺巡礼　朝鮮半島
五木寛之　海外版　百寺巡礼　中国
五木寛之　海外版　百寺巡礼　ブータン

五木寛之　海外版　百寺巡礼　日本・アメリカ
五木寛之　青春の門　第七部　挑戦篇
五木寛之　青春の門　第八部　風雲篇
五木寛之　青春の門　第九部　漂流篇
五木寛之　親鸞　青春篇(上)(下)
五木寛之　親鸞　激動篇(上)(下)
五木寛之　親鸞　完結篇(上)(下)
五木寛之　五木寛之の金沢さんぽ
五木寛之　海を見ていたジョニー　新装版
井上ひさし　モッキンポット師の後始末
井上ひさし　ナイン
井上ひさし　四千万歩の男　全五冊
井上ひさし　四千万歩の男　忠敬の生き方
井上ひさし・司馬遼太郎　新装版　国家・宗教・日本人
池波正太郎　私の歳月
池波正太郎　よい匂いのする一夜
池波正太郎　梅安料理ごよみ
池波正太郎　わが家の夕めし
池波正太郎　新装版　緑のオリンピア

池波正太郎　新装版 殺しの四人〈仕掛人 藤枝梅安㈠〉
池波正太郎　新装版 梅安蟻地獄〈仕掛人 藤枝梅安㈡〉
池波正太郎　新装版 梅安最合傘〈仕掛人 藤枝梅安㈢〉
池波正太郎　新装版 梅安針供養〈仕掛人 藤枝梅安㈣〉
池波正太郎　新装版 梅安乱れ雲〈仕掛人 藤枝梅安㈤〉
池波正太郎　新装版 梅安影法師〈仕掛人 藤枝梅安㈥〉
池波正太郎　新装版 梅安冬時雨〈仕掛人 藤枝梅安㈦〉
池波正太郎　新装版 忍びの女(上)(下)
池波正太郎　新装版 殺しの掟
池波正太郎　新装版 抜討ち半九郎
池波正太郎　新装版 娼婦の眼
池波正太郎　〈レジェンド歴史時代小説〉近藤勇白書(上)(下)
井上　靖　楊貴妃伝
石牟礼道子　新装版 苦《く》海《がい》浄《じょう》土《ど》〈わが水俣病〉
いわさきちひろ　ちひろのことば
いわさきちひろ・松本　猛　いわさきちひろの絵と心
いわさきちひろ・絵本美術館編　ちひろ・子どもの情景〈文庫ギャラリー〉
いわさきちひろ・絵本美術館編　ちひろ・紫のメッセージ〈文庫ギャラリー〉
いわさきちひろ・絵本美術館編　ちひろの花ことば〈文庫ギャラリー〉
いわさきちひろ・絵本美術館編　ちひろのアンデルセン〈文庫ギャラリー〉
いわさきちひろ・絵本美術館編　ちひろ・平和への願い〈文庫ギャラリー〉
石野径一郎　新装版 ひめゆりの塔
今西錦司　生物の世界
井沢元彦　義経幻殺録
井沢元彦　光と影の武蔵〈切支丹秘録〉
井沢元彦　新装版 猿丸幻視行
伊集院　静　乳房
伊集院　静　遠い昨日
伊集院　静　夢は枯野を〈競輪躁鬱旅行〉
伊集院　静　野球で学んだこと ヒデキ君に教わったこと
伊集院　静　峠の声
伊集院　静　白秋
伊集院　静　潮流
伊集院　静　冬の蜻《と》蛉《んぼ》
伊集院　静　オルゴール
伊集院　静　昨日スケッチ
伊集院　静　あづま橋
伊集院　静　ぼくのボールが君に届けば
伊集院　静　駅までの道をおしえて
伊集院　静　受け月
伊集院　静　坂の上のμ〈野球小説アンソロジー〉
伊集院　静　ねむりねこ
伊集院　静　新装版 三年坂
伊集院　静　お父やんとオジさん(上)(下)
伊集院　静　ノボさん〈小説 正岡子規と夏目漱石〉(上)(下)
伊集院　静　機関車先生〈新装版〉
伊集院　静　ミチクサ先生(上)(下)
伊集院　静　それでも前へ進む
いとうせいこう　我々の恋愛
いとうせいこう　「国境なき医師団」を見に行く
いとうせいこう　「国境なき医師団」をもっと見に行く〈ガザ、西岸地区、アンマン、南スーダン、日本〉
井上夢人　ダレカガナカニイル…
井上夢人　プラスティック
井上夢人　オルファクトグラム(上)(下)
井上夢人　もつれっぱなし
井上夢人　あわせ鏡に飛び込んで
井上夢人　魔法使いの弟子たち(上)(下)

講談社文庫　目録

内田康夫 終幕《フィナーレ》のない殺人
内田康夫 御堂筋殺人事件
内田康夫 記憶の中の殺人
内田康夫 北国街道殺人事件
内田康夫 「紅藍《くれない》の女《ひと》」殺人事件
内田康夫 「紫《むらさき》の女《ひと》」殺人事件
内田康夫 藍色回廊殺人事件
内田康夫 明日香の皇子
内田康夫 華の下にて
内田康夫 黄金の石橋
内田康夫 靖国への帰還
内田康夫 不等辺三角形
内田康夫 ぼくが探偵だった夏
内田康夫 逃げろ光彦〈内田康夫と5人の女たち〉
内田康夫 悪魔の種子
内田康夫 戸隠伝説殺人事件
内田康夫 新装版 死者の木霊
内田康夫 新装版 漂泊の楽人
内田康夫 新装版 平城山《ならやま》を越えた女

内田康夫 秋田殺人事件
内田康夫 孤道
和久井清水 孤道 完結編〈金色の眠り〉
内田康夫 イーハトーブの幽霊
歌野晶午 死体を買う男
歌野晶午 安達ヶ原の鬼密室
歌野晶午 新装版 長い家の殺人
歌野晶午 新装版 白い家の殺人
歌野晶午 新装版 動く家の殺人
歌野晶午 密室殺人ゲーム王手飛車取り
歌野晶午 新装版 ROMMY 越境者の夢
歌野晶午 増補版 放浪探偵と七つの殺人
歌野晶午 新装版 正月十一日、鏡殺し
歌野晶午 密室殺人ゲーム2.0
歌野晶午 密室殺人ゲーム・マニアックス
歌野晶午 魔王城殺人事件
内館牧子 終わった人
内館牧子 別れてよかった〈新装版〉
内館牧子 すぐ死ぬんだから

内館牧子 今度生まれたら
内田洋子 皿の中に、イタリア
宇江佐真理 泣きの銀次
宇江佐真理 晩鐘〈続・泣きの銀次〉
宇江佐真理 虚ろ舟〈泣きの銀次参之章〉
宇江佐真理 室の梅〈おろく医者覚え帖〉
宇江佐真理 涙堂〈琴女《ことじょ》癸酉《きゆう》日記《にっき》〉
宇江佐真理 あやめ横丁の人々
宇江佐真理 卵のふわふわ〈八丁堀喰い物草紙・江戸前でもなし〉
宇江佐真理 日本橋本石町やさぐれ長屋
浦賀和宏 眠りの牢獄
上野哲也 五五五文字の巡礼〈魏志倭人伝トーク 地理篇〉
魚住昭 渡邉恒雄 メディアと権力
魚住昭 野中広務 差別と権力
魚住直子 非・バランス
魚住直子 未・フレンズ
魚住直子 ピンクの神様
上田秀人 密封〈奥右筆秘帳〉
上田秀人 国禁〈奥右筆秘帳〉

2024年12月13日現在